馬銘浩著

唐代社會與元白文學集團關係之研究

臺灣學生書局印行

唐代社會與元白文學集團關係之研究

目　次

第一章　題旨之闡發

第一節　元白文學集團的認定

建立社會的架構在於制度與組織。制度是從團體生活中所產生的社會模式，而組織則是團體所建立經營而成的，是以要了解制度與組織，甚至於文化的變遷，應先對社會團體有所了解。事實上，我們生存須依賴於群體的調適、文化的創造及社會組織的模式，而這些社會模式的最基本單位就是團體。因此，對不同性質的團體作分別的研究，是關心文化變遷與發展的重要課題。至於何謂團體？常因爲學者所注意關心的重點不同，而有繁簡不一的定義和說法。美國社會學者優班克（Prof Earl Eubank）認爲：「團體是由二個或二個以上，有心理互動關係的人結合，這些份子間有著顯著與他人不同之相互關係。」司馬爾（Small）則解釋：「團體是或多或少的一群人，他們之間必有一種彼此都能想到的關係存在，此種關係所給人的印象，是足夠引起他人注意的。」基本上，我們可以說群體是由二個以上有互動關係的個人所構成的。而馬文蕭（Marvin E. Shaw）卻較嚴格地認爲一個團體必須具備有：成員的了解與認識、動機和需求的滿意、團體組織、團體目標、成員互賴及互動的六大特性。正因爲對團體（或集團）有各種或寬鬆、或嚴格的定義。但也卻都無法對性質不同的集團作周延的規範，是以我們擬採取一個比較寬鬆且具有包容力的說法：大致而言，團體是由人所聚集而成的，成員之間會產生競爭，也會有學習和啓發等互動關係。此一團體的活動會有意識，或無意識的朝向一個或多個共同目標。而「共同興趣乃是團體的基礎」❶，雖然成員之間有利害關係及共同意識，但游離性也不小，幾乎沒有一個具有絕對嚴密，不可分離的社會團體。若團體運作得當，可修正制度或團體的外在體系；經由壓力、資訊傳播、或團體組織力及影響力，使社會制度變遷，產生新的文化價值與認同。

文學團體則是社會團體中的一種，也具有一般團體的共同特徵。成員組成的誘因不必一定具有文學性，但其共同的目標及意識必須是與文學相關聯的；其間的利害關係也不必絕對是文學上的，但彼此間的學習、啓發必然是有關文學的。換句話說，文學團體是二個或二個以上的人，以文學作爲他們共同的興趣與象徵性目標的文化團體。

元白文學集團則是依自然結合而成的非正式性團體（Informal group），並無成文法令以確定其團體的關係，及固定形式的組織❷，在集團內成員的互動也沒有規範化，據社會學者認爲：

在非正式團體中人們被關聯在一起的基礎，是一種未正式說明而有很好瞭解的規範與

角色期望。這些瞭解可能是來自長時間的經常互動。❸

依此而言，元白文學集團的演化可以分成三階段，第一個階段係以元稹、白居易、李紳的新樂府運動爲主，這一階段裏元、白、李三人同屬於文人階層，雖然元稹以明經科出身，不同於白、李的進士科，可是元、白屬於同門關係，而李紳和元稹相識時仍屬後生晚輩，元稹卻已小有詩名，因此，三人的交往同屬於京師文人生態中的一環。既爲文人之交往，則其主要的互動關鍵，就在於詩、文等文學創作的砌磋，白居易寫信給元稹時說：

與足下小通，則以詩相戒。小窮，則以詩相勉。索居，則以詩相慰。同處，則以詩相娛。❹

文學，則幾乎已經成爲他們溝通、互動的主要媒介。只是在進入政治圈之時，他們也都同時具有文人和參政者的雙重角色，李紳因爲銳意於政場之上，在文學表現上比較不關切；而元、白則相互期待著以「文政合一」的方式，來達成並融合此一雙重角色的理想。可是我們發現，他們此一期待是落空了，白居易自謂「始得名於文章，終得罪於文章」❺，元稹在政場上的起伏也不太依靠其文名。二人的文學表現漸漸的不以新樂府詩爲主，甚至於改變創作方向，於是元白文學集團就邁入第二階段的發展，在這一階段中元稹和白居易的酬唱益加密切，在持續的互動之下，其文學表現更加鞏固了他們的文學地位，形成所謂「元和詩風」，只是這樣的發展在元稹的去逝，劉禹錫的積極參與之下，代之以劉、白唱和爲主的第三階段，在這一階段裏，劉、白都已趨晚年，各自佔有文壇地位之一隅，雖仍以文學作品爲互動之媒介，卻是文學期待高過於其他。而就在劉、白的相繼謝世，元白文學集團也就跟著瓦解了。

可知此一非正式性文學集團，主要是架構在幾個重要文人的身上，直接的以文學作品作爲競爭、學習、啓發、砌磋的主要對象和內容，其非正式的組織形態，就是透過文學傳播的方式，來達成同類意識的擴散，在其中，白居易似乎又扮演了極爲重要的領袖角色，集團意向的轉變，及生命的延續，都和他密切相關，甚至還可以認爲：是白居易在主導著元白文學集團。

至於元白文學集團的其餘成員，既沒有大量的諷諭樂府，又沒有明顯的民歌改創，如何歸屬於此一團體之中呢？關於這一個問題，社會學家莫頓（Merton）對團體一詞的定義，或許可以給我們作一些參考，他認爲：

> 一個團體是由一群自認為同屬這個團體的人們所組成，他們彼此期望其餘成員們應有某些行為，而對外人則無此期望，這群人就被其他人定義為一個團體。❻

此一定義似乎在強調人們對團體成員身份的自覺，也就是集團成員的同類意識。據此而言，在文人交遊的基礎之上，以文學作爲相互期待的行爲，或歸屬同一文學意識的人，也可以被認爲是集團的一員。〈長恨歌傳〉結束前說明了王質夫勸白居易、陳鴻分別以楊貴妃事寫成詩和傳，可以說明他們之間的互動關係，而〈李娃傳〉之結尾部份，同樣也提到了：

> 貞元中，予與隴西公佐話婦人操烈之品格，因遂述汧國之事。公佐拊掌竦聽，命予為傳，乃握管濡翰，疏而存之。

這也都是集團成員之間，對其相互行爲期望的表現。至於如元稹任職浙東時，與所辟文士相爲酬唱❼；白居易與元宗簡等人的時相酬和，也都是在逐漸的歸屬於元白文學集團之中。

由其演變和成員的性質，我們可以認爲他們是一個開放性的文學集團，成員可以比較自由的進出，卻不影響此一集團的存在，它所依存的只是諸如元稹、白居易、劉禹錫等具有領袖意義的成員，事實上，除了幾個重要性的成員之外，其他人員大概也都只是居於附和的地位。換句話說，此一集團份子間交互關係以產生具有代表性的同類意識，主要是依幾個重要人物的互動意識及反省，而其餘成員大多只是由此以歸屬於集團，或是依此同類意識向社會其他群體擴展。如此則集團成員逐漸具有比較相近的價值觀和規範。這樣的結合使得集團的生命也隨著重要成員產生變化，是以元白文學集團存在的時間，亦隨元、白、劉諸人之逝世而結束。

除此之外，有關該集團成員結交尺度（Sociometry）的問題，我們發現文人階層間的交遊是他們的結交基礎，也就是說他們是屬於自願群體的結合，他們互相間既能滿足對方的文學需求，又因各種環境因素而有接觸的機會，遂進而成爲物以類聚的一群文人[8]，完全沒有任何強迫性的參與。在文人交遊的基礎之上，再進而產生文學上的競爭與糅合，才能組成以文學爲目標的集團，是以我們看到元稹、李紳雖然在政治上同屬李黨之中堅，但並不因此而使得在該文學集團劃上等號；同樣的，僅管白居易之弟白敏中爲牛黨的重要人物，仍不妨礙白居易成爲該集團之領袖型人物。而這同時也說明了中唐政治和文學的雙重價值觀。卻也因爲他們的結交在文人交遊、文學共識之後，就缺乏強而有力的約束，而依自然行爲所組成的團體也缺乏共同發展的策略，使得未能明確的達成該集團的目標，事實上，除了新樂府運動之外，我們也看不到該集團有任何明確想推動的理想。

從上面的論述，我們認爲：若依嚴格的正式性社團爲標準來衡量，元白文學集團就顯得不具成爲集團的條件，但它既然是屬於非正式性的開放型文學團體，則要稱以元稹、白居易、劉禹錫等人爲主軸，輔以相同文學關係文人所組成的群體爲集團，似乎也並不爲過。

第二節　以中唐爲研究對象的理由

陳寅恪先生嘗謂唐史可以分爲前後二期，而其分野則在唐朝中葉，「前期結束南北朝相承之舊局面，後期開啓趙宋以降之新局面，關於政治、社會、經濟者如此，關於文化學術者亦莫不如此。」[9]日本漢學界也有「唐宋變革論」。要之，中唐以前上結漢魏南北朝之局；中唐以後下開宋元明清之疆。

有唐一代，自發生安、史之亂以後，社會秩序大亂。政治上：統一和集權都被打破，引起政治上的紛亂與宦官專權[10]。經濟上：政府因得不到貢賦而加重科歛，引發民怨。文化上：更是打破了唯我獨尊的價值觀，反省以創造新的文化觀。更重要的是唐代知識階層的興起。安、史亂後，這些知識份子面對逐漸崩潰的既有體系，乃分別提出了各自不同的主張以求匡復，如韓愈的儒學復興、白居易的文學改造運動等，直如諸子百家爭鳴一般，而不同的主張與理論之間，產生了錯綜複雜的涵化作用；也就是當時的文化主張，與理論建設，大多是在逐漸的修改、凝聚之後完成。處在古典與創新的思索階段，也少有嚴密的理論產生。而理論的相互影響和不夠完備，也在文人結合不斷地討論之後，開創了新的文化領域。而這些知識份子的興起，配合著唐代特殊的文學社會的文化背景，遂在中唐之世，有各種不同的文學理論與創作紛紛提出，也就是白居易所提出的「詩到元和體新變」[11]。

所謂中唐，大約指的是自大曆至太和之間的時間而言[12]。而中唐之文學又以貞元、元和之間最具有代表性，諸如韓愈、孟郊、元稹、白居易、柳宗元、劉禹錫等文學史上的重要作家，都是活躍於元和文壇的文學改革者。而清·葉燮也謂：

> 吾嘗上下百年，至唐貞元、元和之間，竊以為古今文運詩運至此時為一大關鍵也。是何也？三代以來文運如百谷之川流，異趣爭鳴，莫可紀極。迨貞元、元和之間，有韓愈出，一人獨立而起八代之衰。自是而文之格之法之用，分條共貫，無不以是為前後之關鍵也。三代以來，詩運如登高之日上，莫司復踰，迨貞元、元和之間，有韓愈、柳宗元、劉長卿、錢起、白居易、元稹輩出，群才競起，而復八代之盛。自是而詩之詞之格之聲之情，鑿險出奇，無不以是為前後之關鍵也。……後之稱詩者胸無成識，不能有所發明，遂因其時以差別，號之曰中唐，又曰晚唐。不知此「中」也者，乃古今百代之中，而非唐之所獨得而稱「中」者也。[13]

文由駢入散，詩由唐入宋的關鍵是在於「元和」，則元和文人的研究，當是一大重要課題。在元和文人之中，元稹、白居易之團體又是主導元和詩風轉變的重要文學團體之一，這些文人的活動，也在分合之間，有意識或無意識地逐漸形成了文學史上文人團體的雛型。因此，此一主題的研究，也就是研究唐代文化變遷，及唐宋以下文化現象的一個起點。

第三節　研究的進路與方法

在人類學的領域中，對於不同文化接觸之後，文化間的互採和調適，以發生改變的現象稱之為「涵化」（acculturation）。當然文化變遷的原動力在於接觸，但文化與文化接觸的前後，也必須要有內部系統的自我反省，涵化方能積極的運作，而元和文人無不充份展現了對當時的反省意識，其相互間的「涵化」，無疑更是促進新文化創造的主要動力。是以本文擬以元白文學團體中，成員間互動行為的社會關係為基礎，分析其角色的行為及文學現象，甚至在中國文學史上的作用和影響。也因此，本文不擬採取傳統文學研究中「背景介紹、創作淵源、作品概述、後代影響」之全面性架構，而只針對元白文學團體的特出文學現象作討論。在方法上，不管是西方人類學或社會學對團體的理論，似乎都無法涵蓋唐代特殊的文學社會背景，中國傳統文學研究中，也比較缺乏這方面的理論建設，所以，本文試著在歷史與文學的文獻上，進行角色分析（Role analysis），及成果的評量，儘量呈現出此一文學團體的文學特色與文化作用。

在前輩學者中史學如陳寅恪先生、毛漢光先生諸人，對唐代知識份子的社會樣態多有論述；羅龍治先生特揭唐代文學社會的特質，龔鵬程師並有精闢見解。而羅聯添先生、卞孝萱先生、日人花房英樹諸先生也都注意到中唐文學集團的現象，呂正惠先生並有《元和文人研究》之作。本文即著力在前輩學者的研究基礎上往前推進。惟與上述對中唐文學集團的研究作品，最大的不同點，在於不以政治關係為集團構成的最大要素，而著重其文學角色與社會關係之脈絡[14]。

另外要說明的是：元和文人的文學團體性可能還不夠嚴密。但日人花房英樹在《白居易研究》一書中，以文學集團之名稱代中唐的文學團體，後繼者也多所延用；在無法有一個更周延的稱代來代替之前，本文乃延用「集團」（group）一詞，而不以同義的「團體」，或其他稱謂指代了。

附註

❶ 引據美國人類學家沙庇爾(Sapir)在《社會科學全書》(Encyclopedia of the social sciences)之定義。

❷ 在社會學的領域裏，對團體種類的畫分，可以分爲按照規定手續所組成的正式團體，和以自然結合而成的非正式團體。

❸ 引見謝高橋《社會學》第五章〈社會團體〉，頁一三九～一四〇。巨流圖書公司，七十五年出版。

❹ 引見白居易〈與元九書〉。

❺ 引同上注。

❻ 引據白秀雄、李連興、黃維憲、吳森源合著之《現代社會學》所引，頁一三〇。五南圖書公司，七十三年八月出版。

❼ 《舊唐書・元稹傳》曰：「會稽山水奇秀，稹所辟幕職，皆當時文士，而鏡湖秦望之遊，月三四焉。而諷詠詩什，動盈卷帙。副使竇鞏，海內詩名，與稹酬唱最多，至今稱蘭亭絕唱。」

❽ 據張德勝《社會原理》第十七章〈群體的組合〉認爲自願群體組合的三項因素爲：一、互相滿足。二、近水樓臺。三、物以類聚。參見氏著該書頁三三五～三三九。巨流圖書公司，七十五年八月出版。

❾ 引據氏著〈論韓愈〉一文，載《金明館叢稿初編》。

❿ 安、史亂前，如唐玄宗之宦官高力士，雖有時仍可左右政權，但對皇帝仍不失恭順。自肅宗時宦官李輔國之後，則漸大權獨攬，甚至皇帝之存廢更操於其手。

⓫ 引見白居易〈餘思未盡加爲六韻重寄微之〉。

⓬ 明・高棅《唐詩品彙》將唐詩分爲初唐、盛唐、中唐、晚唐四期。其中，中唐卽是唐代宗大曆元年（七

七六）到文宗太和九年（八三五），共六十九年。

⑬ 引據《百家唐詩序》，載《清代文學批評資料滙編》上。

⑭ 如呂正惠著《元和文人研究》，第三章即以〈元和文學集團及其與政治之關係〉爲題並詳加討論。

第二章　中唐文學集團形成的原因

第一節　唐代文學社會的背景

過去我們對唐代社會的觀察主要有二途：其一偏重政治權力關係，著眼於統治階層的變動及內部分合的關係。如陳寅恪先生的唐史研究，其二偏重經濟生產關係，大陸方面的學者如傅璇琮、孫昌武等人多依此路向。前者已成爲唐代社會研究的基本骨架，但仍有一些問題有待深入研究；後者則常犯將中國史套入馬克斯主義的普遍歷史發展模式。惟每一時代均有其主導精神與社會趨向。經濟、政治、思想等社會力，需要在此一整體趨向中以顯現其互動關係，無法單獨詮釋整個社會的發展；而一談起唐代則唐詩、古文運動、李杜、韓柳等立刻聯串成當時特殊的文化氣質，唐代的時代風格即是以文學現象爲基本特徵的文學社會。試舉下列諸端分析之：

1. 科舉行爲：

科舉原來只是一種選任官吏的制度，但唐代進士科卻獨占鰲頭，世人以登進士第爲貴。《新唐書・選舉志》謂：「大抵衆科之目，進士尤爲貴。」《唐語林》卷八也說：「當代以進士登科爲登龍門。」而唐制入仕之途極廣，不只限於常貢之科（如明經、明法、進士等），無出身及有庇蔭者照樣可以任官。就制度上言，進士及第只是獲得了一個任官的資格，還必須經過吏部「身、言、書、判」的銓選❶，才能正式任官。可以說在正常的選任制度中，進士及第絲毫沒有佔到任何的便宜；相反地，有時還不如一個普通世家子弟的憑資蔭任官。因此，唐人推重進士科並不全然是爲了取得任官的資格，同時也是爲了取得「文人」的資格。李肇《國史補》謂：

> 進士為時所尚久矣，是故俊乂實在其中，由此而出者，終身為文人。

而文人則是全民所崇拜的對象，試觀自送出「榜帖」以後，經歷「過堂」、「聞喜」、「關饌」、一直到曲江大會，其進士登第後儀式之隆重，花費之奢靡，完全超出國家任官考試的單純性。而是將社會的集體意識，透過「國家設文學之科」❷的正式考試，選拔出優秀的文人以接受全民的仰慕與歡呼。《唐摭言》卷三〈散序條〉謂：

> 曲江之宴，行市羅列，長安幾於半空。公卿家率以其日揀選東床，車馬闐塞，莫可殫

述。

《唐語林》卷三〈慈恩寺題名遊賞賦詠雜記〉也說：

> 曲江亭子，……進士關宴，常寄其間。既徹饌，則移樂泛舟，率為常例。宴前數日，行市駢闐於江頭。其日，公卿家傾城縱觀於此，有若中東床之選者，十八九鈿車珠鞍，櫛比而至。

如此傾城縱觀，萬人空巷的盛會，眞可目之爲文學活動的嘉年華會。也可以說是結合社會趨勢與國家考試制度，呈現出重視文學的社會特質。甚至在考試之前干謁投刺、聲氣標榜，也都是文學社會的特殊現象。據《唐摭言》卷六〈公薦條〉所載：韓文公、皇甫湜於貞元中名價甚高，牛僧孺赴京師干謁於二人，二人乃命其於客戶坊僦居，「俟其他適，二公訪之，因大署其門曰：『韓愈、皇甫湜同訪幾官先輩，不遇。』翌日，自遺闕以下，觀者如堵。」而牛僧孺自然也易得意於科場。如此已非考試的公平性與私密性所能規範，故進士登第除了要得到考官的甄拔之外，還須要有群衆的評判基礎。登進士第也就等於戴上文學桂冠，絕非明經諸科所能比；如此無上的榮耀連高官皇室都欽羨不已。《唐摭言》卷三〈慈恩寺題名遊賞賦詠雜記〉言盧肇「狀元及第而歸，刺史以下接之」。而《唐語林》卷四〈企羨類〉更言：

> 薛元超謂所親曰：「吾不才，富貴過人，平生有三恨，始不以進士擢第，不娶五姓女，不得與修國史。」

又

> 宣宗卽位愛羨進士，每對朝臣問登第與否。有以科名對，必有喜。便問所賦詩賦題，並主司姓名。或有人物優而不中第者，必歎息久之。嘗於禁中題「鄉貢進士李道龍」。

可知，由銓選制度中產生的進士，以其優異的文學地位得到社會價值的認同，而其價值已非一般的功名利祿所能解釋。也就因爲如此，才有「當代以進士登科爲登龍門」❸的說法和普遍心理。官僚內部體系和社會趨向一致的結果❹，使得進士出身「爲國名臣者不可勝數」❺；《唐摭言》卷一也說「縉紳雖位極人臣，不由進士科者終不爲美」。這些特殊的現象，也唯有在唐代特殊的文學社會背景之下，才有可能產生的特殊行爲。

2.經濟環境：

唐代官吏之俸祿甚薄，九品京官一年只能得五十二斛祿米，根本不足以豢養家小，九品以下就更不用說了。是以若文人僅靠入仕一途，並不足以解決其經濟問題。而文學既受社會所重視，文人乃以其特長撰寫有價之文章，換取財物（即「筆潤」），以增加經濟收入，這就形成了唐代特殊的文學消費結構。

在唐代之前，當然已有文人撰寫文章以求取代價的記載，但多屬於貴族所賜予的一種恩惠，或是一種應酬的作用❻，不若唐代有較廣大的社會基礎。可以說到了唐代文人服務的對象已逐漸擴大、下移，一般人若是能付得起供養文人的代價，仍可以得到文人的頌文。而唐代整個社會沈浸在文學崇拜的心理之下，認爲文字能不朽，對文人更是敬畏，因此也大多願意以金銀財貨來換取因文字而來的不朽和哀榮。筆潤的社會基礎擴大的結果，使得文人成爲特殊階層，文學才藝成爲特殊技能《唐國史補・求碑誌求貪》條記載：

> 王仲舒為郎中，與馬逢友善，每責逢曰：「貧不可堪，何不求碑誌相救？」逢笑曰：「適見人家走馬呼醫，立可待否？」

而《唐語林》卷一〈德行〉說：「長安中爭碑誌，若市賈然。大官薨，其門如市，至有喧競構致，不由喪家者。」更說明了文人對於「筆潤」的需要與爭取了。甚至張說〈謝賜撰鄭國夫人碑羅絹狀〉說：「合賜卿綵羅二十四、絹一千四」、劉禹錫祭韓愈文稱其：「公鼎侯碑，志隧表阡，一字之價，輦金如山」。更是一般人眼中的「大作家」。似乎在此一消費結構之下，報酬的高低正反映著文章的行情，也是象徵著文人地位的憑藉。而唐武宗在會昌五年宣布，「凡進士及第稱衣冠戶」其家享受輕稅及免役之特權❼，則是除了精神上的崇拜文人之外，更從經濟制度上，提昇了文人的地位與社會優越性。在在都顯示了當代經濟環境所提供給文人的供養，及背後崇拜文學的心理狀態。

3.信仰習慣：

文學作爲社會所崇拜的對象，則文字有被神秘化及權威化的傾向。柳宗元〈愬璃文〉說：

> 零陵城西有螭，室於江。法曹史唐登浴其涯，璃牵以入。一夕，浮水上。吾聞凡山川必有神司之，抑有是也？於是作〈愬螭〉，投之於江。

很明顯地，這是以爲文字可以做爲溝通神人的媒介，才會撰文醮訴於神祇。同時據傳柳宗元作的《龍城錄》也說：

> 柳州舊有鬼名五通。余始到，不之信。一日，因發篋易衣，盡為灰燼。余為文醮訴於帝。帝懇我心，遂爾龍城絕妖邪之怪，而庶士亦得以寧也。

除此之外，文字也可以通於幽冥，甚至萬方事物，如韓愈即撰有〈譴瘧鬼〉、〈祭鱷魚文〉

等，據傳〈祭鱷魚文〉確實發揮使潮州永絕鱷魚之患的效果，而當時人也都相信這樣的事情❽。而文字在具有這樣一個濃厚的宗教信仰的性質之下，難怪富豪之家都願意花大筆的金銀四帛來求取文人的碑誌，以求死後之哀榮與不朽。

4.社會生活：

在崇拜文學的社會風氣裡，文學乃成爲社會生活中的一部份，文學作品更是被全民所享用，唐宣宗弔白居易詩說道當時是「童子解吟長恨曲，胡兒能唱琵琶篇」。元稹〈白氏長慶集序〉說他和白詩，「巴蜀江楚間洎長安少年，遞相倣效。」而《集異記》所載王之渙、王昌齡、高適三人旗亭聽曲的故事，更說明文學作品已成爲社會活動的一環。白居易〈與元微之書〉說：

> 自長安抵江西，三四千里，凡鄉校、佛寺、逆旅、行舟之中，往往有題僕詩者。士庶、僧徒、孀婦、處女之口，每每有詠僕詩者。

當然白詩的入樂性強，內容平易，是一項主因，但這正是人民沈浸在文學生活的最佳寫照。值得注意的是此時文學已不只是單純的藝術品，而是生活中所存在的必須品。婚喪喜慶、生離死別都必須藉由文學作品來呈現其意義，若是接應酬酢之時，沒有詩文相送，卻是要遭受社會批評的❾。文學的深入社會生活，更使得文學作品成爲人際溝通的主要媒介。《唐詩紀事》卷四八載：

> 皐少遊江夏，止于姜使君之館，有小青衣曰玉簫，纔十許歲，常侍皐。皐後告別，與約後會，因留玉指環一枚，拜詩寄情云：黄雀銜來已數春，別時留解贈佳人。長江不見魚書至，為遣相思夢入秦。

不管十許歲的玉簫懂不懂得這首詩的典故及詩意，可以說明的是，不論是不是文人，以文學作品來作爲溝通的媒介，已成爲最基本、有效的模式。唐人小說中崔鶯鶯給張生的詩謂「待月西廂下，迎風半戶開，拂牆花影動，疑是玉人來。」就是此一溝通模式，而崔護〈題城南詩〉「去年今日此門中，人面桃花相映紅」一詩，更是如此。至此，文學已成爲當時社會不可成缺的要素了。

第二節　唐代文人地位的變動

唐代以科舉取士，其制度迥然不同於六朝的九品官人法，牽動社會體制及社會階層的變動不可謂不大。六朝時傳統大家族興起的歷史背景，再配合以九品中正制度的推展，遂造成了「上品無寒門，下品無世族」的貴族專制世界，一切政治，經濟及學術的主動權均操於世家大族之手，所謂「父子公孫同登典籍，合門上下俱有文名」，連文學也成爲一家一族的專利品，如晉代瑯琊王氏的羲之，彪之；宋代陳郡謝氏的靈運，惠連諸人均是。在世家大族主導社會活動的情況之下，寒門大多只能依附於貴族集團之下，以從事其文化學術活動。文士跟隨著不同的輔主，幾乎就影響到他日後的創作方向和政治前途，此一依附關係，遂使得貴族之間各領有一批文人，形成不同的文學主張和集團⑩。

唐代科舉制度的推展，給予平民階層有正式入仕的機會，更打破貴族知識專制的現象。就政場上而言，常貢之科，使得平民知識份子得以循正常管道成爲中央官制的一員。事實上，唐承魏晉南北朝之餘風，仍重視門第之觀念⑪，只是對門第認定的觀念上，已有所不同，「在六朝人的觀念中，氏族固然是血統綿延的關係，但其地位之形成與劃分，卻是透過九品官人法等規章、程序、法定任命及選舉而來的，屬於理性合法權威（rational-legal authority），故可以跟帝王這種神性權威（charismatic authority）分庭抗禮，良賤本乎姓氏，亦非帝王政治勢力所能予奪。」⑫而唐代以科舉制度代替了九品官人法，舊有世族所憑藉在政治上的合法規章遂喪失，加以唐本北周之系，乃以政治地位高下爲門第認定之依據⑬，唐太宗在貞觀六年詔修〈氏族志〉。《舊唐書卷六五・高士廉傳》：

太宗曰：「我與山東崔、盧、李、鄭舊既無嫌，為其世代衰微，全無冠蓋，猶自云士

> 大夫，婚姻之間，則多邀錢幣，才識凡下而偃仰自高，販鬻沽價，依記富貴，我不解人間何為重之。……我今特定族姓者，欲崇重今朝冠冕。何因崔幹猶為第一等？昔漢高祖止是山東一匹夫，以其平定天下，主尊臣貴；……卿等不貴我官爵耶？不須論數世之前，只取今日官爵高下作等級。

太宗修改氏族志以「先宗室，後外戚，退新門，進舊望，右膏粱，左寒畯」爲原則，改變了原有的社會結構。皇家所持有的是政治地位，舊有世族則據有傳統的社會威望。新興的文人階層並滲透於二者之間，成爲新的社會階層，並漸漸握有改造，主導社會的主動權。

雖然在初唐時科舉考試，世族以其先天上獲取知識的優勢，囊括了大部份的名額[14]，政場上之達官也以世族居多，但在舊有家族逐漸勢微之後，代之而起的即是文士階層，尤其在安、史亂後，舊家族的優勢隨著戰亂而分崩離析，則社會結構的主要支幹，不得不讓於知識份子所組成的文人階層了。值得注意的是，文人不僅在政場上逐漸取代舊有世族的地位，連社會上的名望也不讓其後。是以產生了當時人的二重價值觀：其一是握有政治實權的價值取向。其二則是社會所崇拜的文人地位。要在政場上得意必須結權納黨，攀附高門；要取得文人的地位，必須通過進士科考，得到文人的接納。薛元超的「不以進士擢第，不娶五姓女」之恨，即代表對此二重價值的追求，而這也是當時人所徵逐的對象。我們可以說，已逐漸勢微的舊家族，極力的想拉攏進士文人，希望藉此恢復其社會名望；而進士文人（或尚未擢第者）也處心積慮的想投於權貴，冀以日後官場上飛黃騰達。唐小說《霍小玉傳》裡，李益在「進士擢第，其明年，拔萃，俟試於天官」之後，其「太夫人已與商量表妹盧氏」以爲婚約；《鶯鶯傳》裡張生在應舉之前交好於崔氏，赴京之後則絕於崔家；都是在此一背景底下所產生的社會行爲。這也意味著在制度的更替，與社會潮流的趨使之下，此時已難有絕對以血統認定爲依歸的門望關係。而文人的性格也正在知識份子、文學創作者、政治實權者與殘餘舊族之間擺盪，無法完全明確地規範。而其性格上的不確定性，更足以說明六朝以來的社會、政治變動，已將上述四種身份性質逐漸滙集到文人的身上，儘管尚未成型，卻也已成爲社會舞臺的中堅角色，主導並影響著社會文化的變遷。

第三節　唐代集團意識的擴張

有唐一代的制度及社會變動狀況，既已如前所述，則整個社會結構之變化不可謂不大，也可以說是重新整合社會結構並分配其權勢，而在重新調整社會權勢之時，由於各種新的社會關係，和利益分配的問題，乃容易產生一些重組過後的不同集團。也就在社會權勢由分趨合的過程上，特殊的關係使得集團意識迅速地擴展開來。其關係可分析如後：

1. 科舉制度：

科舉制度可以說是研析唐代的一條重要線索，此制度在唐代極易造成不同門派的觀念，依唐制貢舉考試以禮部侍郎主之，若「禮部侍郎闕人亦以佗官主之，謂之權知貢舉，其知貢舉者皆朝廷美選」⑮，既是「朝廷美選」就沒有一定的制度，於是就有像權德輿「嘗知貢舉三年，門下所出諸生，相繼爲公相，號得人之盛」⑯的情況。而進士及第對一般人而言，更是夢寐以求的，對於知貢舉的主考官乃感激零涕。因此，就形成了特殊的師生關係，彼此呼應，自成一個團體。《獨異志》載：

> 唐崔群為相，清明甚重，元和中自中書舍人知貢舉，既罷，夫人李氏因暇日常勸其樹莊田以為子孫之計，笑答曰：「余有三十所美莊良田遍天下，夫人復何憂？」夫人曰：「不聞君有此業。」群曰：「余前歲放春榜，豈非良田也？」夫人曰：「若然者，君非陸相門生乎？然往年君掌文柄，使人約其子簡禮，不令就春闈之試，如君以為良田，則陸氏一莊荒矣！」群慚而退，累月不食。

事實上，門生以主考官爲師，也正有利於其官場上的發展，因此座主與門生之間的關係並非單純的依附，而是相對應的。以此擴展開來，凡是「傳道、授業、解惑」⑰的師生關係，也構成了集團組成的要因，以韓愈爲主所構成的集團，其成員可以說大多是依此項因素而組成。

除此之外，同年同榜登第之考生，因他們之間有一種群體活動的意識，也極易相互組成團體。《唐摭言卷一‧述進士下》謂：

（進士）互相推敬謂之「先輩」。俱捷，謂之「同年」。將試各相保，謂之「合保」。群居而賦，謂之「私試」，激揚聲價，謂之「還往」。既捷，列名於慈恩寺塔，謂之「題名」。

同門同第之誼，確是給予科第新人凝聚、親近的力量，貞元八年韓愈、歐陽詹諸人同登龍虎榜⑱，形成日後以韓愈爲主的集團架構。而元稹、白居易同在貞元十九年通過吏部書判拔萃之試，並授爲秘書省校書郎，更爲其日後集團發展的基石。可以說，科舉制度的推展，使得文人除了傳統的，因政治、經濟關係而結盟之外，提供了另一個結盟發展的空間。

又據《唐會要七十六‧貢舉中》所載：

（開成元年）十月，中書門下奏：「……今日以後，舉人于禮部納家狀後，望依前，五人自相保，其衣冠，則以親姻故舊，久同遊處，其江湖之士，則以封壤接近，素所諳知者爲保。如有缺孝弟之行，資朋黨之勢，跡由邪徑，言涉多端者，並不在就試之限。如容情故，自相隱蔽，有人糾舉，其同舉人並三年不得赴舉。」……勑依奏。

其聯保之制，原是爲了提高應考者之品質。事實上，就是因行此制，使得應考人的利害關係愈趨緊密，更容易因此而結爲朋黨。唯透過科舉制度以形成結盟的方式，雖然在唐代屢見不鮮，但也只是提供給文人，結合其群體意識的一項因子，並非唐代文人結盟的充要條件。也因爲互相間利害關係比較小，所以若單以此爲構成集團之唯一要素，沒有再尋求有利的發展條件，則集團關係將會比較脆弱。

2.政治主張：

以政治主張作集團形成主要成因的，古今中外都有很多明顯的例子。只是在唐代因爲制度上的影響，使得此一問題影響面更擴大。如前所言，唐代科舉使知識份子，有機會正式的參與中央政治舞臺。然按唐制：若進士甲科及第由九品上敍階，乙等及第由九品下敍階，依正常升遷管道，則常貢出身之文人，長年只能擔任六品以下之小官，這其間還得年年都通過嚴格的「課考」⑲。難怪歐陽詹要自歎道：

噫！四門助教限以四考，格以五選，十年方易一官也。自玆循資歷階，然後得太學助教。其考選年數又如四門。若如之前二十年矣。自玆循資歷階，然後得國子助教。其考選年數又如太學。若如之則三十年矣。三十年間未離助教之官。人壽百歲，七十者稀，某今四十有加矣，更三十年於此，是一生不覩高衢遠路矣！⑳

可是，這些制度只適合六品以下之官吏，「五品以上，不試，列名中書門下聽敕處分」㉑。也就是說，以兩種制度來管核高低階層的官吏，只要能上達五品之官吏，所受管核自然就不同於以往，是以低階層無不想盡辦法要通過五品的關卡。另外五品以上之官吏，既以「聽敕處分」為升遷之道，也就等於沒有一定的制度來規範，全憑權勢者一己之念，因此特別容易造成黨同伐異的現象。

讀史者無不知曉唐代黨爭之劇烈。雖然對於牛、李黨爭之界定，至今仍然沒有絕對的定論。但我們似乎可以認為：黨爭應該不是只有單純的舊門閥對抗新興進士，因為此時文人的性格，已融合了六朝以來各種不同的性格，少有完全的舊世族，或寒素平民。也不太可能是簡單的意氣之爭，因為官場上的言行，影響著個人日後的前途。大致可以確定的是，因為特殊的政治制度與社會現象，使當時文人，或為推展自己的政治理想，或為個人的政治利益，勢必要結合群體，才容易產生一定的效應。縱然官方一再申令不得有朋黨之事，然大勢已成，非由結黨則難以飛黃騰達。《資治通鑑卷二三六・貞元十九年》載：

> 初，翰林待詔王伾善書，山陰王叔文善棋，俱出入東宮，娛侍太子……（叔文）密結翰林學士韋執誼及當時朝士有名而求速進者陸淳、呂溫、李景儉、韓曄、韓泰、陳諫、柳宗元、劉禹錫等，定為死交。而凌準、程异等又因其黨以進，日與遊處，蹤跡詭秘，莫有知其端者。

雖然《資治通鑑》的寫作立場不見得公允，卻也可以瞭解此一事件之大概，此即唐代政治史上有名的王叔文、韋執誼集團的形成過程，也是唐代政治集團意識高張之下的產物。可以明白的呈現出當時的政治文化趨向。

3. 文學地位：

唐代既屬於文學崇拜之社會，文人自有崇高之地位，但同樣是文人地位仍有高低之別，地位較高之文人除了要有優美的文筆之外，還必須要能得到別人的讚譽，牛僧孺得到韓愈、皇甫湜的稱譽，立刻「輦轂名士咸往觀焉」[22]。這還僅是牛僧孺未及第前單向式的稱譽，更甚者，則是各懷不同文學見解文人的相互攻訐：裴度修福先寺，原請白居易撰文，而引起皇甫湜之不悅[23]。黃頗師事韓愈，觀盧肇之碑版，竟唾之而去[24]。李賀瞧不起元稹，劉禹錫看不慣韓愈[25]。其背後都藏有爭取文學地位的心理。

惟中唐正所謂「詩到元和體新變」[26]，李肇《唐國史補》說：

> 元和以後，為文則學奇詭於韓愈，學苦澀於樊宗師；歌行則學流蕩於張籍；詩章則學矯激於孟郊，學淺切於白居易，學淫靡於元稹。……

這正是一個沒有標準化文風的時候，文人各別提出自己的創作理論，方針及作品，只要能被大衆所接受，自然即可成爲文壇盟主，是以在文壇間的合縱連橫之下，創作方向與文學理論較接近的人，就容易組成一共同之團體，一面推展其文學意念，一面提高自我的文學地位。同一團體的成員相互吟唱，酬酢及讚譽，也相互的較勁，激勵及砌磋。大致而言，在集團利益底下，成員之間的相處尚稱和諧，不若與別的文學集團成員相識一般。最明顯的就是元稹、白居易、劉禹錫、白行簡等人所組成的文學集團，與韓愈、孟郊、皇甫湜諸所組成的文學集團，二者間的相互對立。

經由上面枚舉式的論述，希望對中唐之所以會形成文學集團的因素及特殊背景，能有較明確的線索和具體的推論，可以清楚地瞭解元白文學集團的社會基礎和關係脈絡。

附註

❶《新唐書・選舉志》:「凡擇人之法有四,一曰身,(取其)體貌豐偉;二曰言,(取其)言辭辯正;三曰書,(取其)楷法遒美;四曰判,(取其)文理優長。」《冊府元龜》六二九〈銓選部〉:「始集而觀其『書』、『判』,已試,而銓察其『身』、『言』也。」

❷引見《唐語林》卷三〈慈恩寺題名遊賞賦詠雜記〉。

❸引見《唐語林》卷八〈補遺〉。

❹在唐代朝臣曾一再上書請正文風,有研究者以爲是世族針對新興之進士階層的刻意打擊,然以宏觀之角度來看,所謂的打壓文華的行動,並非只針對進士科而來,而是全面性的反對浮華之文風。此論點可詳參龔鵬程師〈論唐代的文學崇拜與文學社會〉一文,收錄《晚唐社會與文化》,臺灣學生書局出版。

❺引見《新唐書・選舉志》。

❻如《日知錄》卷二十一說:「蔡伯喈集中,爲時貴碑誄之作,甚多。皆言不由衷。自非利其潤筆,不致爲此,史傳以其名重,隱而不言耳。」大致可以說「潤筆」源自漢末,但所服務的對象仍是「時貴」。

❼參見《文苑英華》卷四二九〈會昌五年正月三日南郊赦文〉。

❽因爲當時人大都相信此事,所以在兩《唐書》裡均收有〈祭鱷魚文〉,並專談此事。

❾如《唐詩紀事》卷四三載:「自丞相以下,出使作牧,二公(郎士元與錢起)無詩祖餞,時論鄙之。」

❿有關六朝文學集團的性質問題,可詳參王文進師《荊雍地帶與南朝詩歌關係之研究》,臺大博士論文,七十六年十二月。

⓫《通鑑》卷一九〇載:「高祖武德七年,依周齊舊制,每州置大中正一人,掌知州內人物,品量望第,以本門門望高者領之。」此係初唐猶承六朝之餘習。

⓬引見龔鵬程師〈唐宋族譜之變遷〉,收於《思想與文化》頁二一八,業強出版社。

⑬ 柳芳〈氏族論〉說：「關中之人雄，故尚冠冕……代北之人武，故尚貴戚。」即指以政治地位來確認門望之高下而言。

⑭ 毛漢光先生統計，初唐科考錄取者之成份，士族佔百分之七〇・九六，小姓佔百分之一三・一三，寒素佔百分之一五・九〇。據氏著《唐代統治階層的社會變動。從官吏家庭背景看社會變動》，頁二二～二三。政治大學博士論文。

⑮ 引見《冊府元龜六三九・貢舉部》。

⑯ 引見《唐語林卷四・企羨類》。

⑰ 引見韓愈〈師說〉。

⑱ 據洪興祖《韓子年譜》引《科名記》曰：「貞元八年陸贄主司，試〈明水賦〉、〈御溝新柳詩〉。其人賈稜、陳羽、歐陽詹、李觀、王涯、韓愈、李絳……，是年一牓多天下孤雋偉傑之士，號龍虎榜。」又《舊唐書・歐陽詹傳》曰：「（詹）與韓愈、李觀、李降、崔群、王涯、馮宿、庾承宣聯第，皆天下選，時稱龍虎榜。蓋是榜由此八人而重也。」

⑲ 唐代課考之法，可詳參楊樹藩著《唐代政治史》第三編〈任用制度・課考〉，頁四二二～四四〇，正中書局出版。

⑳ 引見歐陽詹〈上鄭相公書〉，收於《唐文粹》卷八七。

㉑ 引見《通典十五・選舉三》。

㉒ 引見《唐摭言》卷七。

㉓ 詳參《唐闕文》。

㉔ 詳參《唐摭言》卷四。

㉕ 詳參《劇談錄・元相國謁李賀》，及劉禹錫撰《嘉話錄》。

㉖ 引見白居易〈餘思未盡加爲六韻重寄微之〉。

第三章　元白文學集團的組成

所謂元白文學集團，也就是指以元稹、白居易爲主要核心人物，所組成的文學團體，其成員組成的因素相當複雜，但大致仍與元稹或白居易有相當程度的關聯。元、白二人同爲元和詩壇的重要人物。雖然據史書所載：二人之前代均爲官第人家❶，是屬望族之後裔。但卻也同樣地早已沒落，已非當代之世家大族；更何況唐人常有自託於望族之後，以增重自己門望的現象。二人入仕之途同爲常貢之制，不同的是元稹係在唐憲宗貞元九年（西元七九三年），十五歲時以兩經擢第；白居易於貞元十五年（七九九），二十八歲時舉進士❷。當然，唐代普遍存有「三十老明經，五十少進士」❸的看法，及進士登第如躍龍門的觀念，因此白居易雖晚元稹六年及第，年歲也大了許多，但眞正被社會所崇拜的，反是進士出身的白居易了。倒是白居易在貞元十五年（七九九），才由宣城鄉貢入京；元稹卻最遲在貞元八年（七九二），就以其兄調興平長安萬年縣尉時，隨其兄入京了❹。明經及第之後更是一方面積極地加入文人的社群，一方面努力於詩文的創作與學習。其〈誨侄等書〉云：

至年十五得明經及第，因掉先人舊書於西窗下鑽仰沈吟，僅於不窺園井矣！

〈同州刺史謝上表〉亦云：

> 年十有五得明經出身，自是苦心為文，夙夜强學。

而〈投吳端公崔院長詩〉則說道其所參與的文人生活：

> 遙聞公主笑，近被王孫戲。
> 邀我上華筵，横頭坐賓位。
> 那知我年少，深解酒中事。
> 能唱犯聲歌，偏精變籌義。
> 含詞待殘拍，促舞遞繁吹。
> 叫噪擲投盤，生獰攝觥使。
> 逡巡光景宴，散亂東西異。

按唐制明經科考的是《禮記》、《尚書》等學術性質之內容，應考者須「盡帖平文、以存大典」❺，較不要求對時尚詩文的創作。但明經及第之後仍須參加制舉方能求進，以唐代崇拜文學的社會風氣，不管應那一科制舉，詩、文創作都佔有重要的份量，甚至在京師愈有文名，愈有利於考試。因此，元稹在〈敍詩寄樂天書〉自道其「年十五粗識聲病」，是在明經登第之後，方苦心於詩文，〈答姨兄胡靈之見寄五十韻〉更謂當時：

> 學問攻方苦，篇章與太清。
> 囊疏螢易透，錐鈍股多坑。
> 筆陣戈矛合，文房棟桷撐。
> 豆萁才敏儁，羽獵正崢嶸。

此時，元稹已正式地參與京師的文人生態，自然和文人之間有相當程度的交往。而就在這段期間，有不少重要的元和文人如柳宗元、劉禹錫、張籍、孟郊等人登進士第❻，並參與京師文人的社群活動。若眞如史籍所載，這些人在登第之後即詩名大噪，竟和元稹沒有交往、觀摩的記錄。比較可以理解的是明經出身的元稹，僅管積極地參與文人社群，但文學地位仍有待努力攀升。反觀白居易，自稱「五六歲便學爲詩，九歲諳識聲韻，十五六始知有進士，苦節讀書」❼，卻一直居於江南之地，到貞元十六年（八〇〇）始登進士，加入京師文人的生活圈，並迅速地成爲重要的文學家。元、白雖出身不同，卻組成了元和文壇上的重要文學集團，其間之互動及與社會的關係，及此一文學集團組成的各種因素，詳析如後：

第一節　文學意識

1.諷諭文學：

元稹、白居易提倡諷諭文學，形成中唐文壇的重要現象，所謂諷諭文學，係廣義的指稱具有諷諫功能的文學作品，元白則在此一共同意識之下，更進一步的推展以《詩經》爲仿效對象的新樂府文學，而新樂府文學的推展，事實上也是促使元白文學集團成形的原因之一。元稹在未識白居易之前，創作觀念上並沒有與時輩名作家有共識的傾向。唯其自稱「與詩人楊巨源友善，日課爲詩」❽，並有〈清都夜境〉、〈春晚寄楊十二〉等七首詩作談二人之交遊，詩下亦明注是「年十六至十八時作」，即其「粗識聲病」，學爲時文之期。而楊巨源兩唐書均不載其事蹟，惟《唐才子傳》卷五及《全唐詩》卷三百三十三有小傳，係貞元五年擢進士，觀其作亦多爲酬贈之類，或如〈楊花落〉、〈月宮詞〉等美文，並無諷諭思想之痕跡。二人之「日課爲詩」大概仍只是一般的酬酢。倒是在元稹文學觀念形成的先期，直接受到陳子昂及杜甫的影響，其〈敍詩寄樂天書〉道：

> 適有人以陳子昂感遇詩相示，吟翫激烈，卽日為思玄子詩二十首。

並以此二十首詩示於鄭京兆，深得讚賞，「由是勇於爲文」，而後，

> 得杜甫詩數百首，愛其浩蕩津涯，處處臻到，始病沈，宋之不存興寄，而訝子昂之未暇旁備矣。

且在十六歲時仿製杜詩，作〈代曲江老人百韻〉，其承續陳子昂對社會詩的體認，及杜甫詩學的兼容並蓄，以作爲他理論及創作的基礎是可以承認的。

元、白二人同在貞元十九年（八〇三）應吏部書判拔萃科通過，並同授爲秘書省校書郎，乃定爲終身之交。元稹〈李建墓誌銘〉道：

> 公始校秘書時，與同省郎白居易、元稹定死生分。

白居易〈代書詩一百韻寄微之〉注則說：

> 貞元中，與微之同登科第，俱授秘書省校書郎，始相識也。

按唐制：秘書省是屬於文教機關，校書郎員額有十名，屬正九品上，「掌讎校典籍，刊正文

章」❾。此一官職幾乎與現實政治沒有太大的關聯。二人同任此職，遂展開一連串的互動行爲。此時二人交遊贈答之詩已漸多，唯細觀其作品，尚沒有文學理論或思想上的討論。必須待憲宗元和元年（八〇六）二人罷校書郎，退居華陽觀，閉門勤讀以應制舉時，二人合作的策林七十五篇，才正式地將二人激盪之後的想法公佈，並也產生了日後新樂府運動的思想基礎。白居易在〈策林序〉說：

> 元和初，予罷校書郎，與元微之應制舉，退居於上都華陽觀，閉戶累月，揣摩當代之事，構成策目七十五門。

這七十五道策林，其實也就是元、白二人爲了應付國家考試，針對考試內容合作而成的模擬考試作答，雖然有應付考試的實用價值，卻也可以反應出其對當代現象的共同反省。其中以第六十八道〈議文章〉與文學最有關係。在這道策問裏先承認了「文之用大矣哉」，因此國家須「以文德應天，以文教牧人，以文行選賢，以文學取士」，而時文之弊「恐非先王文理化成之教也」，是以改革時文之道在於復古：

> 古之為文者，上以紉王教，繫國風；下以存炯戒，通諷喻。故懲勸善惡之柄，執於文士褒貶之際焉；補察得失之端，操於詩人美刺之間焉。

他們賦予了文士相當高的政、教主宰權，認爲政治的良窳繫於文章，而文章的創作又決於文士之手，充份展現出當代文人對於文學與政治的雙重企圖。緊接著在第六十九道策林，就提出了「採詩」的主張，以爲此制可補察時政，以達到文教合一之途。而這些主張也正是日後新樂府文學的思想基礎，亦是元、白二人文學理念的交集點。

元和元年（八〇六）四月，二人同應才識兼茂明於體用科，元稹入第三等拜左拾遺，白居易入第四等授盩厔尉⑩，至此二人才正式進入與現實政治較有關係的政治體系。《新唐書·百官志》云：「（門下省）左拾遺六人，從八品上，掌供奉諷諫，大事廷議，小則上封事。」元稹既除拾遺之官，乃遇事輒諷。《舊唐書》稱其「性鋒銳，見事生風，既居諫垣，不欲碌碌自滯，事無不言」。而此時元稹的作品也多是書、表之類的政論文章，如〈論教本書〉、〈論諫職表〉、〈論討賊表〉等，鮮少有文學上的論著，此後其心力多往政治層面發展，文學理論的建設即不若白居易了。反觀白居易所任官職一直與文學脫離不了干係，其元和二年（八〇七）秋，調充進士考官，十一月召入翰林爲翰林學士。元和三年（八〇八）爲制策考官，後除左拾遺，依前充翰林學士，元和五年（八一〇）任京兆戶曹參軍、翰林學士。直到元和六年（八一一）方才丁母憂退居下邽縣渭村。爲進士考官、制策考官均爲朝中所任有才識者，而翰林學士一職，更是朝廷特選文學之士以爲待詔供奉，名望尊貴。《新唐書·百官志》說：

學士之職，本以文學語言被顧問，出入侍從，因得參謀議，納諫諍，其禮尤寵；而翰林院者，待詔之所也。

白居易也「自以逢好文之主，非次拔擢，欲以生平所貯，仰酬恩造」[11]。由此，則可以確認的是白居易已在當時的文學社會佔有一席之地，以文學侍從待詔，也正可以反應其社會聲望。

新樂府文學的成型除了元、白的互動之外，李紳也極具重要性。李紳係貞元二十年（八○四）赴長安應進士，才與元稹相識[12]，憲宗元和元年（八○六）中進士第，補國子助教，與白居易相識並交遊[13]，《舊唐書》稱其「長於詩文」，元稹在〈和李校書新題樂府十二首序〉說：

予友李公垂（紳）貺予《樂府新題》二十首，雅有所謂，不虛為文。予取其病時之尤急者，列而和之，蓋十二而矣。

李紳與元稹的樂府作品至少該作於元和四年之前，到了元和四年（八○九）白居易則以李、元之作為基礎，作成新樂府五十首。同時白居易也在〈與元九書〉裏說：

僕當此日，擢在翰林，身是諫官，月請諫紙，啓奏之外，有可以救濟人病，裨補時闕，

> 而難於指言者，輒詠歌之，欲稍稍遞進聞於上。上以廣宸聽，副憂勤；次以酬恩獎，塞言責；下以復吾平生之志。

很明顯地，他們已能認識到：運用社會所重視的文學，來改革政治社會，使得此一文學理想之目標明確化。而新樂府作品的遞相摹寫，則爲作品的具體實踐。其理論上的建樹亦可見於其詩序中。白居易五十首〈新樂府序〉謂：

> ……篇無定句，句無定字，繫於意不繫於文。首句標其目，卒章顯其志，詩三百之義也。其辭質而徑，欲見之者易諭也。其言直而切，欲聞之者深誡也。其事覈而實，采之者傳信也。其體順而肆，可以播於樂章歌曲也。

此一創作意識的明朗化，乃掀起了「文章合爲時而著，詩歌合爲事而作」[14]之文學運動之大轟。只是這樣的一個文學創作模式，並無法馬上被時貴所接受。白居易在《與元九書》說道：

> 凡聞僕〈賀雨詩〉，而衆口籍籍，已謂非宜矣。聞僕〈哭孔戡詩〉，衆面脈脈，盡不悅矣。聞〈秦中吟〉，則權豪貴近者相目而變色矣。……聞〈宿紫閣村詩〉，則握軍

要者切齒矣。大率如此，不可徧舉。不相與者，號為沽名，號為詆訐，號為訕謗。苟相與者，則如牛僧孺之戒焉。乃至骨肉妻孥皆以我為非也。

又

初應進士時，中朝無緦麻之親，達官無半面之舊。策蹇步於利足之途，張空拳於戰文之場。十年之間，三登科第。始得名於文章，終得罪於文章。

此一文學改革活動，一開始就遭到相當大的挫敗。當然，這還不足以構成一個眞正的文學改革運動，只是文學社會中少數人所發起文學創作模式的反省，既沒有集團的刻意推動，更缺乏強有力的支持者，所憑藉的只是元、白個人的文學地位與人際關係，但也正因爲元、白的刻意推廣此一文學意識，乃漸有一些文人爲此意識所吸引，逐漸籠聚在一起，以成一集體意識之團體。

此後元稹經歷了一連串的政治鬥爭，無暇於新文學的積極推展。白居易則在元和六年（八一一）丁母憂，退居下邽渭村，暫時脫離京師的文化圈。對於新樂府文學推展暫告一段落。就實際作品來看，元、白的諷諭作品多集中在這一時期，是諷諭文學意識最稠密的階段，而白居易在以後退居渭村的三年裏，作品也多爲〈適意〉、〈效陶潛體詩〉之類較有隱逸風格的詩，暫時消歇對諷諭文學的強烈意識，待元和九年（八一四）冬入朝除左贊善大夫之後，才又引張籍爲新樂府文學之同道，其〈讀張籍古樂府〉說：

> 張君何為者，為文三十春，
> 尤工樂府詩，舉代少其倫。
> 為詩意如何，六義互鋪陳，
> 風雅比興外，未嘗著空文。
> ……

張籍與白居易同是高郢的門生[15]，大約在白居易進士及第之後兩人就已相識，在全部作品中白居易有十五首詩酬贈張籍，張籍也有七首詩贈予白居易[16]，但觀這些作品並不見其對於諷諭文學的討論，只能說張籍的作品合乎白居易的文學主張，所以特別爲白居易所頌揚罷了。而事實上，此後白居易的新樂府文學作品，也不再像元和七年以前創作量的豐盛了。因此，我們可以說以諷喻作爲文學表現目的的諷喻文學，在唐代陸陸續續有許多人提出來，李紳、元稹與白居易卻是在此一意識底下，以其社會關係爲基礎，進行文學意識的互動行爲，以產生新樂府文學理論及作品，並構成一共同意識，若以社會圖（sociogrom）來看，其間的關係及發展型態是屬於三角型（Triangles）：[17]

其餘若有因同一意識而相和者，大多各別的環繞著此一結構之個體衍生發展。例如在元和十二年（八一七），有進士劉猛、李餘以古樂府數十首投獻於元稹，元稹則選以和之，作〈古題樂府〉十九首[18]，就是以元稹的社會關係另外發展出來的成員。而這樣的發生關係也有其階段限制性。因為元稹、李紳一直不斷的捲入政爭中，其心力多置於實際的政治運作上，無暇於積極建設此一文學理念，而白居易的創作重心也漸漸地疏離了諷諭文學。所以元白文學集團以諷諭文學為共同創作意識的組織過程，集中在前述之階段時間內，其後在無法得到時貴的支持，只能單憑其個人的社會地位和關係，零星的推廣，發展相當有限，也使得集團形成的此一誘因遂漸消失了。

2.閒適文學：

白居易曾在〈與元九書〉裏說到：

大丈夫所守者道，所待者時；時之來也，為雲龍，為風鵬，勃然突來，陳力以出；時之不來也，為霧豹，為冥鴻，寂兮寥兮，奉身而退，進退出處，何往而不自得哉。故僕志在兼濟，行在獨善，奉而始終之則為道，言而發明之則為詩。謂之諷諭詩，兼濟之志也。謂之閒適詩，獨善之義也。

諷諭和閒適作品實爲白居易文學創作的二大主要意識，當然一般習慣上稱其爲「諷諭詩人」，並沒有什麼大錯⑲，但就量而言：白居易現存詩作二八八八首，諷諭詩只有一七二首，且多集中在元和初。就質而言：白居易在中唐被人所稱道，甚至奠定其文學地位的並不是諷諭作品。相反地，閒適意識一直貫穿在白居易的詩作上，只是何謂閒適詩？白居易並沒有像新樂府文學一般，有理論上的積極建設和刻意推展，界定上並不十分容易，就其「行在獨善」的定義來看，不論形式爲何，內容上是較無關於國家民生的社會性本質，而以作者個人面對環境以抒發其性情或內省的作品，都可以廣義的稱之爲閒適意識的作品。依此而言，白居易在元和十年時將自己的詩歌分成諷諭、感傷、閒適、雜律四類，其中感傷及閒適類，均可目爲有「獨善之義」的閒適文學了⑳。就如前所言，這樣的創作意識一直貫穿著白居易任何一段時間的詩作，只是在元和六年以前，因爲正積極地推展諷諭文學的理念，乃一直隱而不顯，待退居渭村之後，才有大量的作品陸續問世，最明顯就在元和七年（八一二）、八年（八一三）渭村守喪之時，寫出了〈秋日〉、〈適意〉二首、〈栽松〉二首及〈效陶潛體詩〉十六首等一連串閒適詩。但卻也要到白居易晚年，和劉禹錫有明顯詩學上的互動關係之後，此一文學意識才成為元白文學集團構成的另一項因素。

劉、白二人相識大約在貞元十九年（八〇三），白居易任校書郎，劉禹錫為監察御史二人同在長安，此時白居易還算是剛加入京師文人生態不久，劉禹錫則已享有盛名㉑，二人的社會地位有明顯的差距。加以劉禹錫加入王叔文黨參與激烈的政治鬥爭，初期無暇於詩歌上的唱詠，所以在他們相識的前二十年，並沒有交往酬唱的記錄，直到劉禹錫做和州刺史，才開始酬唱。寶曆二年（八二六），白居易罷蘇州刺史，劉禹錫罷和州刺史，冬，二人相遇於楊子津，結伴回洛陽，乃更相酬唱。次年白居易任刑部侍郎，居長安；劉禹錫分司東都，雖分隔兩地，但酬唱的篇什已日漸稠密，至大和三年（八二九），白居易以太子賓客分司東都，始編輯《劉白唱和集》。其〈序〉曰：

> 彭城劉夢得，詩豪者也，其鋒森然，少敢當者，予不量力，往往犯之。夫合應者同聲，交爭者力敵，一往一復，欲罷不能。

也就在這樣的為文爭勝與砌磋的互動基礎之上，使得劉、白二人的文學意識更相趨近，尤其在大和五年（八三一）元稹逝世之後，白居易失去了一個重要的文友詩敵，無形中更強化了與劉禹錫的文學互動關係。並在大和六年（八三二）編有《劉白吳洛寄和集》。白居易〈與劉蘇州書〉說道：

嗟乎！微之先我而去矣，詩敵之勍者，非夢得而誰？前後相答，彼此非一，彼雖無懈可擊，此亦非利不行。但止交綏，未嘗失律。然得雋之句，警策之篇，多因彼唱此和中得之，他人未嘗能發也。所以輒自愛重，今復編而次焉。

此時二人均已步入晚年㉒，在文壇上各自佔有重要的地位，詩學上的激發自會有豐碩的成果展現，惟觀其作品之內容，則可以發現二人之酬唱除詩學砌磋之外，所謂閒適意識也一再地激盪而生，劉禹錫〈和樂天耳順吟兼寄敦詩〉寫道：

吟君新什慰蹉跎，屈指同登耳順科。
鄧禹功成三紀事，孔融書就八年多。
已經將相誰能爾？拋卻丞郎爭奈何。
獨恨長洲數千里，且隨魚鳥泛煙波。

於此詩充滿了詩人晚年，在歷經世事之後，以較達觀的心態來看待世間名、利的閒適意識。
再看白居易之原作，其詩寫道：

三十四十五慾牽，七十八十百病纏。

五十六十卻不惡，恬淡清淨心安然。
已過愛貪聲利後，猶在病羸昏耄前。
未無筋力尋山水，尚有心情聽管絃。
閒開新酒嘗數盞，醉憶舊詩吟一篇。
敦詩夢得且相勸，不用嫌他耳順年。[23]

這已不是年輕人所能輕易寫出的詩作，完全是白居易、劉禹錫和崔群[24]屆耳順之年，相互發為酬唱的閒適作品。而此一「曾向空門學坐禪，如今萬事盡忘筌。眼前名利同春夢，醉裏風情敵少年」[25]的閒適意識，幾乎佔劉、白二人酬唱作品的絕大多數，也是另外發展出來新的創作模式。尤其以居洛時期最為明顯，白居易〈序洛詩〉說：

> 作詩四百三十二首……皆寄懷於酒，或取意於琴，閒適有餘，酣樂不暇……斯樂也，實本之於省分知足，濟之以家給身閒，文之以觴詠絃歌，飾之以山水風月，此而不適，何往而適哉？

就現實政治來看：劉禹錫自王叔文事件後長年貶斥在外；白居易見朋黨搆隙，設法處於傾軋之外[26]，都經歷了無數的困頓，晚年已是壯志消融，無力侈談政場上的遠大抱負，因此，劉、白二人因爲時間的累積和世事的經歷，使得晚年以「閒適意識」作爲唱和的主要內容，更激發了詩學上的進步，創出中唐末期文壇的另一次高峰。以此一意識加上文友詩敵的關係，緊密的結合了中唐兩大詩人，可說是一種很特殊的結構組成，若以社會圖來看待其關係，可繪成如圖：是屬互相選擇（Pairs or mutual choice）型關係。

白居易 ⇄ 劉禹錫

第二節　政治關係

唐代的牛李黨爭延續多年，不但影響政局深遠，更牽動了當代文人的生命脈動，當時文人都或多或少的與黨爭有所牽涉，元白文學集團的成員更不例外。只是牛、李黨爭的眞正發生原因和黨派之分際等問題，至今仍莫衷一是，沒有完全的定論，是以我們不妨只單純地將其看成是政治場上的一種現象，而此一政場上縱合連橫的運作，也促成了文人與文人間的關係更緊密，但這只是形成文學集團的充份條件之一而已，若無文學上的激發，影響或往來，仍只是一個政治關係，無法組成一文學性質之團體，我們所關心的是在政治關係之上，進而有文學作品之往來、激盪，並有明顯成果之相關人物。

1.元稹與其相關人物：

元稹在貞元十九年（八〇三）任秘書省校書郎時，娶韋夏卿之女韋叢[27]，建立了日後的政治關係網。韋夏卿據《舊唐書》所載，稱其「有風韻，善談譙，與人同處終年，而善慍不形於色」，「其所與游辟之賓佐，皆一時名士」。是貞元年間的名宦，任東都留守時「傾心辟士，頗得才彥，其後多至卿相，世謂之知人。」[28]透過韋夏卿的關係，元稹結識了許多文人。就現有的文獻來看，元白文學集團中當時至少有李紳、李景儉和竇群遊於韋門之中。李紳在蘇州時，以詩受知於韋夏卿[29]，由此李紳在貞元十八年（八〇二）及二十年（八〇四）赴京考試時，認識了元稹，元稹也提到此時「執事李公垂（紳）宿於予靖安里第」[30]並進而結交，形成其日後政場上休戚與共的關係；李景儉則因「韋夏卿留守東都，辟爲從事」[31]，是韋氏的僚佐。至於竇群，是因韋夏卿「以其所著史論薦之於朝，遂爲門人」[32]。據《舊唐書》載李景儉曾爲韋執誼、王叔文所重用，政變後因居母喪而不及從坐，竇群爲御史中丞時曾引爲監察御史，後貶江陵戶曹，元和末入朝「與元稹、李紳相善。時紳、稹在翰林，屢言於上前」。竇群則因韋夏卿之薦而入朝，「王叔文之黨柳宗元、劉禹錫皆慢群，群不附之」，於王叔文黨中獨與李景儉相善。其兄弟五人皆以詩名，當元稹任浙東觀察使、武昌節度使與越州刺史時，其幼弟竇鞏都擔任副使，二人時相唱和，《新唐書・元稹傳》云：

> （元稹）在越時辟竇鞏，鞏，天下工為詩，與之酬和，故鏡湖、秦望之奇益傳，時號蘭亭絕唱。

白居易〈與元九書〉也提到。

> 足下與有餘力，且欲與僕悉索還往中詩，取其尤長者，如……竇七（竇鞏）元八絕句，博搜精掇，編而次之，號元白往還詩集。

可知韋夏卿在元稹所建立的政治關係網絡中，具有實質的影響力，也就是說，此一關係是元白文學集團形成的過程中的因素之一。

而元稹自從出任左拾遺，進入中央政治體系之後，表現的非常積極，其初期的政治生涯「性鋒銳，見事風生，既居諫垣，不欲碌碌自滯，事無不言」[33]，但也因為年輕氣盛容易得罪人，所以政治生涯卻也一直浮沈不定，評價不一。基本而言，他在政治上的盟友，幾乎都是所謂「李黨」中的人物，自己也牽涉了長慶年間的黨爭，據《資治通鑑》所載，在穆宗長慶元年（八二一）：

> 翰林學士李德裕，吉甫之子也，以中書舍人李宗閔嘗對策譏切其父，恨之。宗閔又與

翰林學士元稹爭進取，有隙。右補闕楊汝士與禮部侍郎錢徽掌貢舉，西川節度使段文昌、翰林學士李紳各以書屬所善進士於徽。及榜出，文昌、紳所屬皆不預。及第者鄭朗，覃之弟；裴譔，度之子；蘇巢，宗閔之婿；楊殷士，汝士之弟也。文昌言於上曰：「今歲禮部殊不公，所取進士皆子弟無藝，以關節得之。」上以問諸學士，德裕、稹、紳皆曰：「誠如文昌言。」上乃命中書舍人王起等覆試。夏四月丁丑，詔黜朗等十人，貶徽湖州刺史，宗閔劍州刺史，汝士開江令……自是德裕、宗閔各分朋黨，更相傾軋。㉞

這可以說是牛、李黨爭的表面化，元稹與李紳、李德裕同居翰林學士之職，時稱「三俊」㉟，又參與其政爭，很明顯的其政治立場是偏於李黨。在此並無法詳述牛李黨爭錯綜複雜的原因和過程，但必須指明的是：元稹以其政治關係促成元白文學集團的組成因素，只是其政治生涯的初期，以後因其力求政場上的進取，角色行爲之參與多在政治場上，是以在參與黨爭之後所形成的政治關係，也多是在政治行爲上互動，而較沒有文學因緣的結合，無法使得元白文學集團因此而擴大或加強。

2.白居易與其相關人物：

相對於元稹而言，白居易一直是以詩人的身份來參與政治。加之以退讓爲處世之道，比較不爲朋黨所累㊱，因此其政治場上聯盟關係幾乎是沒有，除了同年、同門或同官職等非自己能完全控制的關係之外，此一結黨之因素在白居易身上並不重要。而同門、同職關係如崔玄亮，貞元十六年（八〇〇）與白居易同登進士第，又在貞元十八年（八〇二）同試書判及第，次年春，同授校書郎。白居易〈崔公墓誌銘序〉稱其「善屬文，尤工五言、七言詩，警策之篇多在人口」。李建與元稹、白居易同任校書郎㊲，元稹〈祭李侍郎文〉有謂：「一言膠合，不知所以；莫逆之交，貴從茲始。」白居易則在〈効陶潛體詩〉裏，許之爲忘形友。錢徽與崔群則是與白居易同在翰林爲官，遂爲終身友，並時相酬唱。諸如此等都是白居易早期政治生涯所構成的關係。

事實上白居易在長慶二年（八二二）出爲杭州刺史之前，尚極力於文學改造政治的從政理念，然不爲所用，才避居散地，脫離現實殘酷的政治關係。《舊唐書・白居易傳》說：

> 穆宗親試制舉人，又與賈餗、陳岵為考策官，凡朝廷文字之職，無不首居其選，然多所排擯，不得用其才。時天子荒誕不法，執事非其人，制御乘方，河朔復亂，居易累上疏論其事，天子不能用，乃求外任，七月除杭州刺史。……

其進入中央官制之後，並不見明顯的因政治朋黨關係，而使其政治地位有顯著的變化，倒是在元和十四年（八一九）元稹自虢州長史召入京中爲膳部員外郎，次年夏，白居易自忠州刺史入爲司門員外郎，二人同在京城任官，同時也是元稹政治地位迅速竄入之際，白居易似乎也和元稹的政治地位息息相關，茲以下圖見其升降之關係：

	元稹	白居易
元和十五年（八二〇）	自膳部員外郎轉祠部郎中、知制誥	冬、自司門員外郎遷主客郎中、知制誥
長慶元年（八二一）	二月，拜中書舍人，翰林承旨學士，十月罷學士，改授工部侍郎	十月，授中書舍人
長慶二年（八二二）	二月，守工部侍郎，同平章事，六月罷相，出爲同州刺史	七月，出爲杭州刺史

由其除官的先後次序，我們有理由相信白居易在長慶初年的官途，深受元稹的影響，但這並不是說元、白二人在政治鬥爭上就屬於同黨。他們之間的政治關係該是建立在早年的同門、同職的關係上，加以日後的交遊，使二人定爲生死之交。元稹飛黃騰達之日對白居易稍加提攜是可以理解的。

至於白居易的政治立場，大多數研究者認爲較偏向於牛黨，但是若仔細觀察其與牛黨中人物之政治與交遊關係，發現多不是因爲政治利害和立場相結合，而是早期的交遊所影響。就以楊虞卿兄弟及牛僧孺而言：楊虞卿是元和五年（八一〇）擢進士第，任校書郎，後再拜監察御史。當牛僧孺、李宗閔輔政時，引楊虞卿爲弘文館學士、給事中，號爲「黨魁」㊳，係牛黨之重要人物。而白居易是在貞元十五年（七九九）在宣城初識楊虞卿㊴，元和三年（八〇八）左右取其從父妹㊵爲妻。可見白居易和楊家兄弟的交遊及親戚關係，是在黨爭激烈化之前，其與楊氏兄弟在黨爭中並沒有必然性的人爲政治因素，甚至對於這層關係還「愈不自安，懼以黨人見斥，乃求致身散地，冀於遠害」㊶。至於牛僧孺與白居易相識約在順宗永貞元年（八〇五），當時牛僧孺是以仰慕前輩的心態主動去會見白居易，而不是什麼同門、同職的政治關係，日後二人之酬唱與交往也看不出有因政治利害關係而緊密結合。事實上，待牛僧孺在黨爭中握有實權時，白居易也早已遠避朝政，不涉黨爭了。若要細論牛、白二人之政治關係，或許可以座主與門生的關係來看待了。據載元和三年（八〇八），李宗閔、皇甫湜及牛僧孺試賢良方正能直言極諫科，因指切時政之失，言甚鯁直，無所廻避，而被署登第，當權者李吉甫恨他們直言，乃泣訴於上，遂命白居易、裴洎與王涯爲覆考官，結果與前次無所異同㊷。是以構成了兩人座主與門生之間的關係，白居易也曾自謂：「何須身自得，將相是門生。」㊸是已將牛僧孺視以門生對待，只是他們之間的關係發展是表現在文學上的酬唱，而不是政治上的立場。尤其當牛僧孺出任淮南時，經常和白居易吟詠於洛陽歸仁里牛宅之中㊹。白居易詩中酬和牛僧孺之詩甚多，而牛僧孺在《全唐詩》中僅收錄四首，就有二首是爲白居易而作㊺，其文學因緣可得而知。

由上述可知，僅管中唐之世黨爭甚爲激烈，但就一個文學性團體組成的觀點來看，似乎不佔有非常重要的因素，多局限在文人早期政治生涯的同儕、同門意識與關係的聯絡。雖如此，以政治關係爲基礎，再披撿成員，仍是構成元白文學集團的因素之一。

第三節　其他

1.文人交遊：

在唐代特殊的文學社會背景之下，文人之間形成一個特殊的社會階層，文人之間自成生命型態和生活體系，是以他們的相互交往，極容易拉近彼此間的距離。基本上，只要是同屬於文士階層，就可能會相互交遊，這可以說是文人人際關係的基礎。只是，這裏所討論的，是指文人在交往之後，進而成爲詩文之友，其關係非爲同職、同門，或有任何特殊政治關係者，只有單純的交往，因爲對交往對象的認同，遂成爲文學集團中的一員。而成員中的兩個代表性角色——元稹、白居易，在未正式進入中央官制之前，均結交有大量的文友，成爲日後二人人際關係發展的基礎。只因元稹的人際關係資源多運用於政場上，白居易的人際關係資源多在文學討論上呈現，所以在此項集團組成因素上遂以白居易爲主了。

首先，必須提出來的是元宗簡，其與白居易相識大約在貞元十六年（八〇〇）左右[46]，白居易任校書郎時曾同遊曲江，白丁母憂居渭村之日，亦有詩往返表達思念之情，而白居易重回長安除左贊善大夫時，曾有詩贈予元宗簡，可見其交往之情，詩云：

> 平生心迹最相親，欲隱牆東不為身。
> 明月好同三徑夜，綠楊宜作兩家春。
> 每因暫出猶思伴，豈得安居不擇鄰？
> 可獨終身數相見，子孫長作隔牆人。㊼

二人在有生之年確也是過從甚密，而維繫其交情的重要因素之一，則是詩文之交。白居易在編輯「元白往還集」時，曾特別將其絕句收入㊽，而元宗簡在臨終之前，亦遺命子曰：「吾平生酷嗜詩。白樂天知我者，我歿，其遺文得樂天爲之序，無恨矣！」㊾其詩集有三十卷，詩文七百六十九篇，白居易因作〈故京兆元少尹文集序〉，序文中稱道：

> ……蓋是氣凝為性，發為志，散為文。粹勝靈者，其文沖以恬。靈勝粹者，其文宣以秀。粹靈均者，其文蔚溫雅淵，疏朗麗則，檢不扼，達不放，古淡而不鄙，新奇而不怪。吾友居敬（元宗閔）之文，其殆庶幾乎！……
>
> 若職業之恭慎，居處之莊潔，操行之貞端，襟靈之曠淡，骨肉之敦愛，丘園之安樂，山水風月之趣，琴酒嘯詠之態，與人要久，遇物多情，皆布在章句中，開卷而盡可知

也。

眞可謂推崇備至。其與交遊之間進而產生文學互動因緣，遂更緊密的結合。

而令狐楚則在貞元七年登進士第，《舊唐書》說他：「兒童時已學屬文，才思俊麗」。白居易任蘇州刺史時，開始與令狐楚有酬唱詩作。兩人同在洛陽之時來往更加密切。而令狐楚與劉禹錫素有深交，白居易在詩中，更一再地以他們爲詩酒勁敵：如

> 別後縱吟終少興，病來雖飲不多歡。
> 酒軍詩敵如相遇，臨老猶能一據鞍。[50]

又

> 別來少遇新詩敵，老去難逢舊飲徒。[51]

可知在白居易與劉禹錫的唱和過程中，令狐楚也經常參與其中，是文人聚會中的一員。

至於王質夫、陳鴻諸人，雖然沒有大量的與白居易有詩文的砌磋，但在交遊之中或有激發其創作意識之功，也可算作集團之一員。陳鴻〈長恨歌傳〉即說：

> 元和元年（八〇六）冬，十二月，太原白樂天自校書郎尉於盩厔，鴻與琅琊王質夫家

於是邑。暇日相攜遊仙遊寺，話及此事，相與感歎。質夫舉酒於樂天前曰：「夫希代之事，非遇出世之才潤色之，則與時消沒，不聞於世。樂天深於詩，多於情者也，試為歌之，如何？」樂天因為〈長恨歌〉。

2.血緣關係

白居易最遲在元和初年時，就已在中唐文壇享有盛名，影響所及，其弟白行簡，也成為元白文學集團中重要的一員。白行簡在「貞元末，登進士第，授秘書省校書郎」[52]，任官其間，大多跟隨著白居易。曾在元和九年盧坦鎮劍南東川時，辟為掌書記三年，當盧坦罷節度使時，即往江州依白居易[53]。元和十四年（八一九）春，白居易離開江州，入川任忠州刺史時，白行簡也跟隨其赴任[54]。待元和十五年（八二〇）白居易還朝，任尚書司門員外郎，白行簡也隨之上京「授左拾遺，累遷司門員外郎、主客郎中」[55]，直到長慶二年（八二二）白居易出知杭州時，才和白行簡分開[56]。在長年的薰染之下白居易的文友，當為白行簡所熟悉，而其兄之文風，亦為其學習之目標，是以史書上稱說白行簡「文筆有兄風，辭賦尤稱精密，文士皆師法之」[57]，是知白行簡已是元白文學集團成員中，佔有文壇一席之地的人物。也因為兄弟二人長年的緊隨，在文風的砌磋之下，亦趨於相近，所以白行簡雖浪有與太多文人酬酢的作品，也可算是元白文學集團中一個重要的成員。甚至其文友如李公佐之輩，亦可由此而歸入集團中了。

綜上所述，該集團的組成是以白居易爲主軸，可以分成三階段兩層次來說，所謂的三階段是指第一階段元稹、李紳、白居易的草創期，和第二階段元稹、白居易的發展期，第三階段白居易和劉禹錫的衍生發展期；兩層次則是指成員中元稹、白居易、劉禹錫扮演比較重要的角色行爲，是屬核心人員，其餘如白行簡、李公佐、陳鴻、元宗簡、崔玄亮、韋夏卿、竇群等人各在不同的關係上，產生和該集團有一些文學互動的行爲，卻又不佔有絕對重要的份量，是屬於附屬成員。其組織過程及成員，隨著集團演化而改變，並沒有固定的成員和型態，因此廣義的說，在該集團演化過程上，認同、附合該集團核心人員之文學主張，並有相似的文學作品互動的人，都可目之爲元白文學集團之成員了。

附註

❶《新唐書・元稹傳》：「元稹……六代祖巖，爲隋兵部尚書。」又《新唐書・白居易傳》：「白居易……其先蓋太原人。北齊五兵尚書建，有功於時，賜田韓城，子孫家焉。」

❷按《舊唐書・白居易傳》所載：白居易在「貞元十四年，始以進士就試」。元稹在〈白氏長慶集序〉中也說他是「二十七舉進士」。但是白居易在〈送侯權秀才序〉中自述道：「貞元十五年初，予始舉進士。與侯生俱爲宣城守所貢，明年春，予中春官第。」而〈箴言序〉又說：「十五年，天子命渤海公領禮部，貢舉事，明年春一上登第。」可知，當以白居易在貞元十五年，二十八歲時舉進士較爲可信。

❸引見《新唐書・選舉志》。

❹元稹〈誨侄等書〉云：「吾竊見吾兄二十年來，以下士之祿，持窘絕之家。」又〈寄呈士矩詩〉云：「歧路各營營，別離長惻惻。行看二十載，萬事絲何極。」〈答胡靈之詩序〉更謂：「日月跳擲，於今餘二十年矣！」上述作品均作於元和五年，以此上推，則元稹入京師當是在貞元八年之前。

❺引見《舊唐書・楊楊傳》。

❻柳宗元、劉禹錫同在貞元九年登進士第，孟郊在貞元十二年，張籍在貞元十四年登第。

❼引見〈與元九書〉。另〈朱陳村〉詩亦云：「十歲解讀書，十五能屬文。」

❽引見〈敍詩寄樂天書〉。

❾引見《新唐書・百官志》。

❿據《唐大詔令集》一〇六，敕云：「才識兼茂明於體用科人：第三次等：元稹、韋惇。第四次等：獨孤郁、白居易……。」又唐制照例無第一等及第二等，故元稹實以首選登第。

⓫引見《舊唐書・白居易傳》。

⑫ 此一考證詳參陳寅恪先生〈元白詩箋證稿・長恨歌條〉。

⑬ 考證詳參薛鳳生著《元微之年譜》，頁三四～三八，臺灣學生書局出版。

⑭ 引見白居易〈與元九書〉。

⑮ 張籍係貞元十五年（七九九），在高郢主試下中進士第。詳參羅聯添撰〈張籍年譜〉，《大陸雜誌》第二十五卷第四～第六期。

⑯ 詳參羅聯添撰〈張籍之交遊及其作品繫年・附錄之三——時人酬贈張籍篇目表〉，《大陸雜誌》第二十六卷第十二期，頁三八六。

⑰ 以社會圖來表現團體間，成員與成員之間的互動行爲與關係，以展現其團體型態，係社會測量法（The sociometric method）之一環，又稱社會模表。

⑱ 元稹〈古題樂府序〉云：「昨梁州見進士劉猛、李餘，各賦古樂府詩數十首，其中一、二十章，咸有新意，予因選而和之。」

⑲ 如劉大杰《中國文學發展史》、胡適《白話文學史》、陸侃如《中國詩史》等均稱白居易爲「諷諭詩人」，並多只由此角度論其詩作。

⑳ 〈與元九書〉說：「……首自拾遺來，凡所適所感關於美刺興比者，又自武德迄元和，因事立題，題爲新樂府者，共一百五十首，謂之諷諭詩。又或退公獨處，或移病閒居，知足保和，吟翫情性者，一百首，謂之閒適詩。又有事物牽於外，情理動於內，隨感遇而形於歎詠者，一百首，謂之感傷詩。又有五言、七言、長句、絕句，自一百韻至兩韻者，四百餘首，謂之雜律詩。」這樣夾雜內容和形式的分類法並不十分合理，然就其對閒適詩和感傷詩之詮釋來看，實爲創作上的一體兩面，難以嚴格區分。

㉑ 據《舊唐書・劉禹錫傳》所載：劉禹錫係在貞元九年（七九三）擢進士第，隔年登博學宏辭科。〈子劉子自傳〉亦云：「初禹錫既冠，舉進士，一幸而中試，開歲，又以文登吏部，取士科」。

㉒大和六年（八三二）白居易六十一歲，劉禹錫也有六十歲。詳參羅聯添撰《白樂天年譜》，國立編譯館出版。及張達人編訂《唐劉夢得先生禹錫年譜》，臺灣商務印書館出版。

㉓引見白居易〈耳順吟寄敦詩夢得〉。

㉔按詩中之「敦詩」即指崔群。

㉕引見劉禹錫〈春日書懷寄東洛白二十二楊八二庶子〉。

㉖傅錫壬師《牛李黨爭與唐代文學》一書，以爲白居易係當時不爲朋黨所累之文士，並分析其自處之道有：(1)自求散地以避禍。(2)假借病體以遠害。(3)肆情山水以消憂。(4)修養佛老以逃世。可詳參，該書東大圖書公司印行。

㉗韓愈〈監察御史元君妻京兆韋氏墓誌銘〉云：「夫人於僕射爲季女，選婿得今御史河南元稹。稹時始以選校書秘書省中。」

㉘引據《舊唐書・韋夏卿傳》。

㉙詳參卞孝萱撰《李紳年譜》，〈貞元十四年條〉。

㉚引見元稹撰《鶯鶯傳》。

㉛引見《舊唐書・李景儉傳》。

㉜引同注㉘。

㉝引見《舊唐書・元稹傳》。

㉞引見《資治通鑑》卷二四一。

㉟參見《舊唐書・李紳傳》。

㊱宋・陳振孫《白文公年譜》說：「案唐朋黨之禍，始於元和之初，而極於太和，開成、會昌之際。三十年間士大夫無賢不肖，未有能自脫者。權位逼軋，福禍伏倚。大則身死家滅，小亦不免萬里投荒。獨公（白居易）超然利害之外，雖不登大位，而能以名節始終，惟其在朋黨之外，不累於朋黨故也。」

㊲ 元稹〈李建墓誌銘〉說：「公（李建）始校秘書時，與同省郎白居易、元稹定生死分。」

㊳ 引見《舊唐書・楊虞卿傳》。

㊴ 考證詳參羅聯添撰《白樂天年譜》，頁二八。國立編輯館編印。

㊵ 白居易〈與楊虞卿書〉：「且與師皋（虞卿字）始於宣城相識，迨於今十七、八年，可謂故矣。又僕之妻，即足下從父妹，可謂親矣。」又《舊唐書・白居易傳》：「居易妻，潁士從父妹也。」而楊虞卿和楊潁士二人爲兄弟。

㊶ 引見《舊唐書・白居易傳》。

㊷ 詳參《舊唐書・李宗閔傳》及《資治通鑑・元和三年夏四月條》。

㊸ 引見白居易〈送牛相公出鎮淮南詩〉。

㊹ 詳參《舊唐書・牛僧孺傳》。

㊺ 牛僧孺詩收於《全唐詩》卷四六六，給白居易的二首詩分別是〈樂天、夢得有歲夜詩聊以奉和〉、〈李蘇州遺太湖石奇狀絕倫，因題二十韻奉呈夢得、樂天〉。

㊻ 白居易〈哭諸故人因寄元八（宗簡）詩〉曰：「好在元郎中，相識二十春」，以此上推，則二人之相識約在貞元十六年（八〇〇）前後。

㊼ 引見白居易〈欲與元八卜鄰先有是贈〉。

㊽ 白居易〈與元九書〉曰：「當此之時，足下興有餘力，且欲與僕悉索還往中詩，取其尤長者，如張十八古樂府、李二十新歌行，盧、楊二秘書律詩，竇七元八（宗簡）絕句，博收精掇，編而次之，號爲『元白往還集』。衆君子得擬議於此者，莫不踴躍欣喜，以爲盛事。」

㊾ 參見白居易〈故京兆元少尹文集序〉。

㊿ 引見白居易〈和令狐相公寄劉郎中兼見示長句〉。

51 引見白居易〈早春醉吟，寄太原令狐相公蘇州郎中〉。

52 引見《舊唐書·白居易傳·附白行簡傳》。

53 同上注引曰：「居易授江州司馬，（白行簡）從兄之郡。」

54 白居易曾因此而作〈江州赴忠州至江陵已來舟中示舍弟五十韻〉。

55 引見同注52。

56 白居易在長慶二年曾作有〈路上寄銀匙與阿龜〉一詩，阿龜即白行簡之子。

57 引見同注52。

第四章　元白文學集團的文學表現

一篇長恨有風情，十首秦吟近正聲。
每被老元偷格律，苦教短李伏歌行。
世間富貴應無分，身後文章合有名。
莫怪氣粗言語大，新排十五卷詩成。❶

元白文學集團的文學創作動力，基本上就是在同儕寫作競勝，及相互研討之下激盪而生；而文學作品同時也是此一集團的特質表現，集團成員無不以文學作品的展現，作爲自我期許之重點，是以元白文學集團的文學表現，該是探討其集團性質與及社會關係的重要內容。惟其成員作品繁富，乃以較具有代表性，及與當代社會關係較密切者爲對象，討論如後：

第一節　諷諭詩

1.對諷諭詩的界定：

所謂諷諭詩即就其詩作所產生的功用而言，是屬於文學實用主義中的一環。事實上，諷諭詩也是元稹、白居易先期的創作精華，尤以李紳、元稹、白居易三人相互唱和而產生的樂府新題組詩，則是諷諭詩的創作高峰。不僅有成組的詩作，亦有理論上的闡述，目標明確完整❷。元稹明白的提出其寫作《樂府新題》十二首的思想基礎和創作原由是：

> 予友李公垂（紳）貺予《樂府新題》二十首，雅有所謂，不虛為文。予取其病時之尤急者，列而和之，蓋十二而已。昔三代之盛也，士議而庶人謗。又曰：世理則詞直，世忌則詞隱。予遭理世而君盛聖，故直其詞以示後，使夫後之人，謂今日為不忌之時焉。❸

這裏很明顯的指出了他新樂府詩的創作基調在於「直其詞」，亦即要明確的道出當代的社會問題。而白居易更引《詩經》作爲理論依據，其謂：

> ……篇無定句，句無定字，繫於意不繫於文，首句標其目，卒章顯其志，詩三百之義也。其辭質而徑，欲見之者易諭也。其言直而切，欲聞之者深戒也。其事覈而實，使采之者傳信也。其體順而肆，可以播於樂章歌曲也。總而言之，為君、為臣、為民、為物、為事而作，不為文而作也。❹

其新樂府五十首之前有總序，即摹《毛詩》之大序。每篇之前有序以明其旨，即仿《毛詩》之小序。又取每篇之句首爲其題目，即效〈關雎〉爲篇名之例，整體結構，無異一部唐代的《詩經》❺，而「辭質」、「言直」、「事覈」、「體順」更是他理想中諷諭詩的創作樣式。推而極致，他甚至主張恢復古代采詩的制度，以補察時政，解民生之疾苦❻，只是在沒有采詩制度之時，則文人所創作的諷諭作品，同時肩負有存炯戒，通諷諭的責任。白居易以爲：

古之為文者，上以紉王教，繫國風；下以為炯戒，通諷諭。故懲勸善惡之柄，執於文士褒貶之際焉；補察得失之端，操於詩人美刺之間焉。❼

因此，諷諭詩的創作同時賦予了文人相當高的政教主宰權，透顯出詩人對於文學與政治的雙重企圖。也顯示出諷諭詩創作的主觀性，和與政治現象的不可分離性。這也正是《詩經》被認爲具有教化意義之後，中國實用文學的主要脈流了。

元、白諷諭詩的創作除了同儕之間寫作競勝所激盪之外，杜甫的諷諭詩作也深具影響，元稹即謂：

近代詩人唯杜甫〈悲陳陶〉、〈哀江頭〉、〈兵車〉、〈麗人〉等，凡所歌行，率皆

> 卽事名篇，無復倚傍。予少時與友人樂天，李公垂輩謂是為當，遂不復擬賦古題。❽

可以說元、白運用歌行樂府來寫作諷諭詩，是有意識的直接承襲杜甫而來的。事實上，杜甫對元、白諷諭詩作的影響是全面性的。明。胡震亨《唐音癸籤》以爲：

> 別敍時事新題，杜甫始之，元白繼之。杜如〈哀王孫〉、〈哀江頭〉、〈兵車〉、〈麗人〉等；白如〈七德舞〉、〈海漫漫〉、〈華原磬〉、〈上陽白髮人〉等；元如〈田家〉、〈捉捕〉、〈紫躑躅〉、〈山枇杷〉諸作，各自命篇名，以寓其諷刺之旨。於朝政民風多所關切，言不為罪，而聞之者可以戒。❾

不僅道出了元、白諷諭詩的承襲關係，更將其寫作對象與「文章合爲時而著，詩歌合爲事而作」的宗旨標舉出來。蕭滌非也認爲：

> 所謂新樂府者，因意命題，無復依傍，受命於兩漢，取足於當時，以耳目當朝廷之采詩，以紙筆代百姓之喉舌也。杜甫開其端，白居易總其成。❿

這也正是元、白諷諭詩的創作宗旨。

2.諷諭詩的音樂性：

元、白諷諭詩的創作幾乎捨棄了近體詩的形式，而採用字數句數不定，格式限制少，又可較自由換韻的古體詩。在古詩的形式之中，又以歌行樂府爲主要創作手法；蕭滌非認爲「古詩多言情，是主觀的，個人的；而樂府則多敘事，爲客觀的，社會的」⓫。準此而言，元白爲作長篇的社會現象描述，遂以樂府歌行爲主要形式。惟其背後仍受有傳統樂府觀念的支配，是以白居易希望能上溯《詩經》的傳統，除了五十首新樂府組詩，全採詩三百之結構外，另提出了「體順而肆，可以播於樂章歌曲」⓬的音樂性要求。此即元、白新樂府入樂與否的問題。研究者大多以元白新樂府不入樂爲準⓭，認爲有唐一代能入樂而唱的是五、七言絕句。當然，絕句在唐代被大量的運用於曲樂吟唱上，是不爭的事實，但在判定元白新樂府入樂與否的問題時，應先了解一下當代對詩與樂曲的看法，元稹〈樂府古題序〉說道：

……（詩三百之時）皆由樂以定詞，非選調以配樂也。由詩而下九名皆屬事而作，雖題號不同，而悉謂之為詩可也。後之審樂者，往往採取其詞，度為歌曲，蓋選詞以配樂，非由樂以定詞也。而纂撰者，由詩而下十七名，盡編為〈樂錄〉。樂府等題，除〈鐃吹〉、〈橫吹〉、〈郊祀〉、〈清商〉等詞在〈樂志〉者，其餘〈木蘭〉、〈仲卿〉、〈四愁〉、〈七哀〉之輩，亦未必盡播於管弦明矣。後之文人，達樂者少，不復如是配別。但遇興紀題，往往兼以句讀短長，為歌詩之異。

可知，當時詞與曲是兩個不同的創作單位，文人創作詩歌，再由樂工以之製曲，即所謂「選詞以配樂，非由樂以定詞」，既如此，則文人所做詩歌能否入樂，就不是文人能夠完全決定的事情，充其量只能在作詩之時，儘管將句式、平仄、押韻等合乎於歌曲的要求，好使自己的詩作利於樂章歌曲的傳唱。當然元稹對於新樂府的主要創作意識在於「寓意古題，刺美見事，猶有詩人引古以諷之義」⓮，並不以入樂與否，作爲創作的依據條件，白居易則不然，他對於上古《詩經》時的音樂環境有一定的理想性，所謂「體順而肆」，即是希望詩歌的創作形式，要儘量符合製曲的條件，將詩歌合樂的消極被動性，轉化爲積極主動性。而樂工的選詞配樂，事實上也牽涉到作者個人名氣的大小，白居易在〈與元九書〉裏提到，伎稱道「誦得白學士〈長恨歌〉，豈同他伎哉！」，因此而價增。同此，若文人名氣大如白居易一般，則樂工更願拿他們的詩作來製曲。相對的，若是有愈多的樂工與歌伎頭意製唱詩人的作品，無非是另一種非常有效的文學傳播，文人也樂得以此來提高自己的文學群衆基礎和文學地位。元稹稱過漢南之日，遇主人集衆樂娛他賓，諸妓見白居易相顧曰：「此是〈秦中吟〉、〈長恨歌〉主耳！」，而「自長安抵江西，三四千里，凡鄉校、佛寺、逆旅、行舟之中」往往有題白居易詩者。「士庶、僧徒、孀婦、處女之口」，每每有詠白居易詩者⓯，白居易詩能流傳如此之廣，其詩作的可吟唱性，亦爲相當重要的因素之一。其諷諭名著〈秦中吟〉，既然可以被妓女爭相傳唱，五十首仿《詩經》結構的新樂府諷諭詩，仍可能具有相當程度的音樂性效果。縱使沒有直接資料可以證明白居易的新樂府作品可以入樂，但卻也沒有說明它不入樂的明白佐證。況且白居易本身是個能彈奏古琴，又喜愛樂曲演奏的文學家⑯，其音樂體驗較一般詩人爲深。在推展諷諭詩的同時，也能體認到聲情合一的音樂效果，在〈五弦彈〉裏說道：「正始之音其若何？朱弦疏越〈清廟歌〉；一彈一唱再三嘆，曲淡節稀聲不多；融融曳曳召元氣，聽之不覺心平和。」以白居易對音樂的素養和體認，在創作諷諭新樂府的同時，加強其音樂傳唱功能並非不可能。最明顯就表現在其句式上面。就其新樂府五十首來看，除了〈法曲〉一首爲七言古體之外，其餘四十九首全是雜言體；諷諭歌行除了〈秦中吟〉十首全爲五言古體較爲特殊之外，幾乎亦全是雜言體。而雜言體之句式較易形成自由流動的特色，隨著語句長短不等的音節頓挫，容易連帶引起讀者的情緒，既利用敘事，又合於譜樂，係詩歌中較利於使樂工選詞入樂的理想句式，而白居易雜言體的諷諭歌行樂府，使用之繁富可以說冠於有唐一代。從二言句到十三言句，甚至還有十八言句⑰交錯運用，形成白居易諷諭詩作的特殊表現。其中尤以三言句的運用，最近於歌唱形式，在新樂府組詩五十首中，就有四十首運用三言句式，並常將三言句置於雜言體的句首，再重覆使用，形成三三七句之體，如：

七德舞，七德歌。傳自武德至元和。（〈七德舞〉）

華原磬，華原磬。古人不聽今人聽。（〈華原磬〉）
昆明春，昆明春。春池岸古春流新。（〈昆池春水滿〉）
城鹽州，城鹽州，城在五原原上頭。（〈城鹽州〉）

這與〈成相辭〉以下的樂府民歌三三七句式一樣，陳寅恪先生對於此點說道：

考三三七之體，雖古樂府中已不乏其例，即如杜工部〈兵車行〉亦復如是。但樂天新樂府多用此體，必別有其故。蓋樂天之作，雖於微之原作有所改進，然於此似不致特異其體也。寅恪初時頗疑其與當時民間流行歌謠之體製有關，然苦無證據不敢妄說。後見敦煌發現之變文俗曲殊多三三七句之體，始得其解。……然則樂天之作新樂府，乃用《毛詩》、樂府古詩，乃杜少陵之體制，改進當時民間流行之歌謠。……實則樂天之作，乃以改良當日民間口頭流行之俗曲為職志。[18]

陳寅恪先生認爲白居易新樂府是爲了改良民俗樂曲的論點，並不很完備；但與俗曲相似的句式，是很值得我們注意的。因爲，這些接近俗曲句式的運用，就算詩作未被樂工採以入樂，至少還是適合清唱的，若以文學音樂性，及文學傳播的觀點來看，白居易的諷諭樂府多採雜言體的寫作方式，將使得諷諭詩更具有實用與推廣的價值。這也該是唐代諷諭詩系統中的特殊表現。相對於此，元稹的諷諭詩多以全篇五、七言的句式爲主，就顯得比較平穩而缺少音樂性了。

3. 諷諭詩的創作手法：

元、白諷諭詩具有強烈的政教實用主義，爲了達到其諷諭的確實功能，詩人採用了多樣性的創作手法，就內容的選擇來說，幾乎是包羅萬象，只要能達成諷諭效果，無事無物不可入詩，在詩人的刻意主觀運用下，每件事物經過其詮釋之後，都能具有諷諭性，從樂器、舞曲（〈華原磬〉、〈七德舞〉）到建築、圖畫（〈驪宮高〉、〈兩朱閣〉、〈八駿圖〉）；舞由舞女、升井小民（〈胡旋女〉、〈賣炭翁〉）到自然景物（〈澗底松〉、〈牡丹芳〉），都可入諷諭之作，可知其諷諭詩的設想對象，基本上是全民的，白居易既有上溯《詩經》傳統的理想，則其詩作內容無所不包，亦正可表現出詩的全民基礎。

在對內容的運用上，詩人最成功的表現，就在於利用曲折的故事情節，細膩的人物描繪，將作者想要表達的思想透顯出來，如〈新豐折臂翁〉、〈紅線毯〉、〈杜陵叟〉、〈賣炭翁〉、〈母別子〉等均是，詩人將社會現象，藉由故事化的情節傳達出來，再以此爲諷誡，以〈新豐折臂翁〉爲例，其原詩寫道：

> 新豐老翁八十八，頭鬢眉鬚皆似雪。玄孫扶向店前行，左臂憑肩右臂折。問翁臂折來

幾年？兼問致折何因緣？翁云貫屬新豐縣，生逢聖代無征戰。慣聽梨園歌管聲，不識旗槍與弓箭。無何天寶大徵兵，戶有三丁點一丁。點得驅將何處去？五月萬里雲南行。聞道雲南有瀘水，椒花落時瘴烟起。大軍徒涉水如湯，未過十人二三死。村南村北哭聲哀，兒別爺娘夫別妻。皆云前後征蠻者，千萬人行無一迴。是時翁年二十四，兵部牒中有名字。夜深不敢使人知，偷將大石鎚折臂。張弓簸旗俱不堪，從玆始免征雲南。骨碎筋傷非不苦，且圖揀退歸鄉土。臂折來來六十年，一肢雖廢一身全。至今風雨陰寒夜，直到天明痛不眠。痛不眠，終不悔，且喜老身今獨在。不然當時瀘水頭，身死魂飛骨不收。應作雲南望鄉鬼，萬人塚上哭呦呦。老人言，君聽取。君不聞，開元宰相宋開府，不賞邊功防黷武！又不聞，天寶宰相楊國忠，欲求恩幸立邊功！邊功未立生人怨，請問新豐折臂翁。

這首詩以老人不願從軍的故事，來表達作者的非戰思想，全詩採取倒敘的手法，先寫年老折臂的老翁，再藉由老人之口，回敘當年爲了逃避中央窮兵黷武的征兵，寧願自廢臂膀，也不願作異鄉遊魂的經歷。雖然今日因身廢而遇陰寒輒疼痛難忍；卻也自喜尚存人世，不必做萬人塚上的望鄉鬼。最後則直諷宋璟、楊國忠妄開邊功，不顧人命的作法，直如題目下的小序所說，此詩的寫作目的在於「戒邊功也」。全詩寫來折臂老翁之形象鮮明，歷歷在目，而折臂的原因與過程更是使人觸目驚心、慘不忍睹。此一作詩的手法已經不是將散文化、或口語化所能含蓋的，而是以敍事的手法，將諷諭詩給小說化了。亦即在詩創作的手法上有散文式的議論，有小說式的情節與人物對白，而藉老翁口中說出，以不傷於直遂⑲，更具備有中國傳統詩論中婉約表現的觀念。而另一特別值得注意的是：在詩之下作者還另自題有小注如「萬人塚上哭呦呦」之下，即自注曰：「雲南有萬人塚，即鮮于仲通、李宓曾覆軍之所。」，此一小注之方式，是作者有意識的運用，希望藉此以增加詩的可理解性。甚至以小注說史，並可加重本身的諷諭效果，當寫到宋璟與楊國忠的黷武之時，其下的小注分別簡述了當時的歷史事實，最後乃自注道：「元和初而折臂翁猶存，因備歌之。」如此不但具備了「質辭」、「直言」、「覈事」的寫作要求，更能達到新樂府的諷諭效果，眞可謂集敍事及諷諫詩之大成。陳寅恪先生認爲：

> 此篇（〈新豐折臂翁〉）為樂天極工之作。……後來微之作〈連昌宮詞〉，恐亦依約摹仿此篇。⑳

細讀元稹的諷諭名著〈連昌宮詞〉，係以宮邊老人之口，以說寫開元、天寶之世的治亂，其用意與手法實在與此篇無不相同。陳氏之言，大致可信。依此，則白居易的諷諭詩創作手法是相當特出的。

元、白諷諭詩的另一種敍述表現手法，則是以作者勸誡的方式明白指陳，這種直敍議論性的語言，主要有兩種不同的表現方式，其一是在整首作品中，全以直陳議論的方式，來表達其諷諭之旨，如元、白同題之〈華原磬〉等即是。其二則是在以敍述故事爲主，或敍議夾雜的作品之結句，做警句的運用，白居易〈鹽商婦〉的結句道：「桑弘羊，死已久，不獨漢時今亦有！」〈縛戎人〉結句道：「縛戎人，戎人之中我苦辛。自古此寃應未有，漢心漢語吐蕃身。」元稹〈西涼伎〉的結句是：「連城邊將但高會，每聽此曲能不羞？」而這也就是白居易新樂府寫作的最大特徵——「率章顯其志」。我們甚至可以說，白居易諷諭詩大部份都會在詩篇的最後，有一個類似公式化的結尾。只是其最後公式化的結句，並非篇篇都是驚警的好句子，有些似乎顯得太過概念化而冗長。如〈紫毫筆〉的「愼勿空將彈失儀，愼勿空將錄制詞」等均是，研究者也大多以此爲白居易諷諭樂府「沒有多留一些餘味給咀嚼，甚多的地方不但只見冗贅，而且傷於質直，往往意盡而後止」㉑。但是我們必須了解，白居易的諷諭樂府所設想的讀者，並非單純只欣賞婉約之情的傳統文人，《詩經》時代的詩不僅具有對在上位者的諷諫效果，更是全民所共賞共唱的時代之歌。所以白居易在諷諭樂府的創作手法上，必須還要能照顧到民間俗士的需求，也就因爲直述無掩，一洩無遺，才容易被民間迅速的接受，擴大其諷諭詩的閱讀群衆，試觀其〈二王後〉一詩，全詩寫道：

二王後，彼何人，介公酅公為國賓，周武隋文之子孫。古人有言，天下者非是一人之天下，周亡天下傳於隋，隋人失之唐得之。唐興十葉歲二百，介公酅公世為客。明堂太廟朝享時，引居賓位備威儀。備威儀，助郊祭，高祖太宗之遺制。不獨興滅國，不獨繼絕世，欲令嗣位守文君，亡國子孫取為戒。

此詩採用三三七的民間歌唱雜言形式，又採淺韻易於吟唸，而內容則是概念化的說教，若就婉致的傳統詩觀來看，完全沒有感人的詩味，更不符合不涉理路，不落言筌而眞情自見的要求。但若仔細詠誦，這樣的創作手法與民間懲惡勸善的俗唱，幾乎是沒有差別的。佛經能藉由此一管道以推廣佛法，白居易何以不能運用此一手法，以增加諷諭詩的群衆基礎呢？更何況，白居易是個民間性格相當強烈的詩人，斷不可以預設的諷諭詩觀作批判。因此，就文學的傳播和推廣的立場來看，元、白諷諭詩的創作手法迥異於其他諷諭詩人，又能深入民間結構，是其正面價值的一環。

當然元、白諷諭詩是中國文學史上相當璀燦的文學遺產，歷來均有不少學者以其爲主題作研究。以上所論，係儘量避免重複前人之介紹，以提出些許自我之意見，期於元白諷諭詩能有進一步的了解，所以諸如「諷諫君王修政」、「撻伐貪官汚吏」、「體恤民困」、「褒美節烈」等對內容的介紹，前賢均有論及，本文乃略而不談，以免煩複之累。

第二節　考試文學

參加科舉考試，幾乎是每一位唐代文人必須經歷的，爲了參與國家考試並奪得好成績，乃有針對考試科目而形成的考試文學，就如同今日爲了準備聯考，產生了一堆爲應付考試的參考書或模擬試題一般，所不同的是唐代以其特殊的文學社會背景，考試科目與文學大概都有關聯，士人所讀所仿的參考書作者，必須要在當代有相當的文學名氣，其文風又要對考官階層有所影響，並被認定，甚至本身即常任考官之職，方容易被士子接受。

元、白在當時的文壇均具有重要地位乃不爭的事實；尤其白居易不僅作品流傳廣泛，在士子的心目中具有崇高地位，甚至以文名之盛而入爲翰林學士。曾多次擔任考官㉒，主掌考場文化，最受注目的是在憲宗元和三年（八〇八），憲宗親試制科舉人，因皇甫湜、牛僧孺等人譏刺時政，無所畏忌，而爲權貴所惡，泣訴於上。憲宗遂以裴咱、王涯和白居易爲覆策官㉓的事件。因此白居易對於科舉所考科目的文學作品，易爲士子所仿效、學習，就其文集中觀察，較爲特出的考試文學係策和律賦二項。

1.制策：

白居易最具有代表性的制策之文，係元和元年（八〇六年）和元稹爲應制舉，乃辭校書郎，退居華陽觀閉門苦讀，所撰成的七十五道策林㉔。實際上，這也就元、白二人爲了應付考試，在試前所作的模擬猜題作答。按唐科舉之制考生赴考之時，可以帶參考書籍進入闈場，白居易〈論重考試進士事宜狀〉道：

伏准禮部試進士，例許用書策，兼得通宵。得通宵則思慮必周，用書策則文字不錯。

而元、白的策林也就是當時赴試所用的懷挾，兪文豹的《吹劍錄・四錄》即云：

樂天同元稹編制科策林七十五門，卽懷挾也。㉕

甚至白居易自己也說策林的集結是因爲考試之後「凡所應對者，百不用其一二，其餘自以精力所致，不能棄捐，次而集之。」㉖而唐代考策的目的在於測知士子對國家時務的見解，是以對策大多以有關時務、政策爲主，綜觀其策林確也能針對當代之時務及政策發揮。

前面三策分別是「策頭」二道，「策項」二道，「策尾」三道，在說明對策的因由及基本立場。首以漢成帝時容朱雲庭辱張禹爲典，以諭當今聖上的能夠察納雅言，採諷諫之言，降旨「四海之內，累徵賢良。思酌下言，樂酌上失。諭以旁求之意，詢以無隱之辭」㉗，而撰策之人以「沐聖朝垂覆育之惠」遂「唯以直言，昧死上對」㉘，至於策對之旨，則在於教，其謂「人心無常，習以成性。國無常俗，教則移風」，而「人之在教，若泥金之在陶冶，器之良窳，由乎匠之巧拙；化之善否，繫乎君之作爲」，因此若能行教則「太平之風，大同之俗，可從容而馴致矣。」㉙而所教者則概括於其以下之策論矣！而其以下之策論，則大致採取問答之方式，係自設問題再自行答對，內容包函甚廣，舉凡從論君臣之道（〈君不行臣事〉、〈使百職修皇綱振〉）、軍事之功（〈選將帥之方〉、〈禦戎狄〉、〈備邊併將置帥〉）、制度之理（〈立制度〉、〈議鹽法之弊〉、〈議百官職田〉）到民俗之風（〈禁厚葬〉、〈去盜賊〉、〈養老〉、〈睦親〉）、典章之制（〈典章禁令〉、〈沿革禮樂〉）等無所不論，不過大致是以時務、政令爲主。

在這七十五道策林中，最値得注意的是：全部均以散文寫成，而不涉當代駢麗之風。行文以議論時務爲主，不特求駢偶之美，似乎又回復到漢代策文的縱橫浩蕩之文風，全然不讓於賈誼諸漢儒之策問，這就中唐倡議文風改革而言，實俱有潛化倡導之功。其實，這也是元、白散文寫作的主要手法，通觀二人日後在朝廷中所寫的判、詔，幾乎多以散文之手法創作，史書稱元稹的誥辭「敻然與古爲侔，遂盛傳於代」[30]，而元稹知制誥時也「變詔書體，務純厚明切，盛傳一時。」[31]，雖然元、白以新樂府作品而名世，後人亦多以樂府詩，爲其作之代表。殊不知元、白以散文古法寫作考試必考之策問，實具有矯正駢儷文風的實際功用，其行文中敍事議論之順當，氣勢文力之磅礴，對當時之士子，更具有領導示範之作用矣。

2.律賦：

律賦是一種講求對偶聲韻，有一定格律限定的賦體，因爲是唐代考試之科目，所以又稱爲「試賦」，其體制的變革，按徐師曾的說法是：

（律賦）始於沈約四聲八病之拘，中於徐庾隔句作對之陋，終於隋唐取士限韻之制。㉜

我國以課賦作爲官吏進用之試，始於隋文帝開皇十五年（五九五），而盛於唐德宗貞元、文宗大和年間。清。李調元謂：

> 唐初進士試於考功，尤重帖經試策，亦有易以箴論表讚，而不試詩賦之時，專攻詩賦者尚少，大歷、貞元之際，風氣漸開，至大和八年，雜文專用詩賦，而專門名家之學，樊然競出矣。李程、王起最擅時名，蔣防、謝觀如驂之靳，大都以清新典雅為宗，其旁騖別趨，元、白為公。㉝

可知中唐之際律賦是每一位應考士子所必須學習的，而元稹與白居易又同爲中唐的律賦大家，其律賦之作自爲當時所習仿之準，是以觀元、白的律賦作品，既可深解賦體於中唐之變化，又可得知中唐考試文學之狀況。關於元、白之律賦，鈴木虎雄的《賦史大綱》和李曰剛的《辭賦流變史》，都已有所論，本段乃特就其在考試文化中的作用立論。

律賦之先河係重視駢偶之風的俳賦，唐代初年，一般文人作賦，仍沿襲六朝遺風，尚音律之一諧協，求對偶之工整。唐玄宗天寶之後考賦的風氣漸盛，對於賦的押韻，又加以限制，使律賦之作就如同詩中的律體一般，有了重重人爲的限定。基本上律賦的發展與律詩在起步上是相同的，雖然因日後發展因素不同，但其限制條件的原理則一。只是律賦使用範圍不若律詩之廣，大概只有科考一途採用，平時之民間文藝及文人交際均不見被應用，在考場文化的主導之下，其限制條件也就日漸艱澀，清・孫梅曾提到：

> 自唐、宋以賦造士，創為律賦用便程式，新巧以製題，險難以立韻，課以四聲之切，幅以八韻之凡。……然後銖量寸度，與帖括同科。㉞

在這樣的創作條件之下，自然也就日漸成為文人的專業遊戲，不易被一般民衆理解。事實上，律賦大體上是繼承六朝俳賦而來，除了爲因應考試所須而有押韻限制之外㉟，體製上大致不脫俳賦之法則。只是元、白既是中唐律賦大家，其賦作則必有令人耳目一新之處，而其最突出的表現即在於對構篇及造句之營運。

當時律賦之對句多承俳賦四、六之形式，整首賦作也多在四百字之內就結束，唯元、白的賦作，卻突破考場的一貫的寫法，清・李調元說：

> 唐代律賦，字有定限，鮮有過四百者，馳騁才情，不拘繩尺，亦唯元、白為然。㊱

又

律賦多有四、六，鮮有作長句者，破其拘攣，自元、白始，樂天清雄絕世，妙悟天然，無不如志，微之則多典碩之作，高冠長劍，璀璨陸離，使人不敢逼視。[37]

可知元、白律賦之句法已能突破舊習，做新形式的表達。其突破四、六句法之句子如：元稹〈鎮圭賦〉中句：

作山龍之端表，我則清光皎然；
離蒲穀以成行，爾乃鞠躬如也。

又白居易〈雞距筆賦〉中句：

視其端若武安君之頭小；
親其管如系元氏之心空。

是知其作已能不依俳賦四、六之蹊徑矣。此句式上的突破就辭賦發展史及考試文學之演變都是極具深義的。因俳賦原本短小精工，其創作內容以抒情爲主，唐代承六朝文風，以相同的形式，卻要改作議論性的文章，本非俳賦（甚至初期律賦）所能完全容納，元、白改四、六對爲雜言句式的對偶，可以說改變了在當時賦的內在化本質，影響所及，使以後賦作不再拘限於句式上的四、六相對，而端視於作者才氣與內容的需要。律賦發展到了晚唐，其排偶更加巧密，文辭更求綺麗。但最值得注意的是，散文的意味也加強了。甚至待宋朝歐陽修、蘇軾等人一出，遂除去律賦中排偶、限韻的多重限制，倡導運用於散文之中的文賦，使賦作脫離了六朝以來的賦學本質，與散文結合，形成賦的興復期。當然我們並沒有直接證據可以證明元、白對律賦的革新，直接影響到文賦的創生，但文學的影響大多在潛移默化中進行，由賦學發展的軌跡來觀察，元、白對賦作的變革，實具有承先啓後的意義與功能。

就如上述，唐代科考以賦作爲表現的形式，勢必在創作手法上，要作相當大的改革，篇章的營構，就是其中明顯的改變之一。尤其唐制所考律賦，字句有限，若無仔細構篇論法，必難發揮於試場，迥然不同於俳賦以個人抒情爲主，且較不重視構篇之法則。律賦的構篇大概重首破題，次則結尾；起首二句必須破題，結尾二句必須頌聖。如另一律賦大家王起的〈五色露賦〉起首爲「露表嘉瑞，國昭元吉」，結尾則是「實我后之冥感，掩前王之嘉德」。中間的敍述，若以八股文中「承題」、「起講」、「提比」、「中比」、「後比」等營構法則來看，似乎多能暗合[38]，賦與八股文是兩種截然不同的文體，我們不宜作勉強的套用相配。若先撇開文體的觀念不說，律賦與八股文同是不同時代的考試主要科目。隋唐開始以試賦取士，發展到明清而成「股賦」，其「蓋由律賦與散賦兩者雜揉而成，於對偶中羼入八股句法，寓駢於散，以俳爲偶之一種賦體也。」[39]，可知律賦對篇章營構的法則，必爲股賦所吸收，只是明清考試的重點科目，並不在股賦而是在八股文，就考試文學的變遷來看，律賦和八股文在構篇上的暗合，可以說明以考試爲主導的科目，其創作手法的共通性，顧炎武《日知錄》云：「八股文破題，本之唐人賦格。」其實可以更深切的說律賦的構篇之法，實爲八股之濫觴。其中元、白的作品更是律賦變革的樞紐，李調元《賦話》云：

> 白居易〈動靜交相養賦〉云：『所以動之為用，在氣為春，在鳥為飛，在舟為檝，在弩為機，不有動也，靜將疇依？所以靜之為用，在蟲為蟄，在水為止，在門為鍵，在輪為柅，不有靜也，動奚資始？』超超玄著，中多見道之言，不當徒以慧業文人相目；且通篇局陣整齊，兩兩相比，此調自樂天創為之，後來制義分股之法，實濫觴於此種。

除結構之外元、白對律賦內容風格的改革仍值得一提，如元稹〈郊天日五色祥雲賦〉，起句云：「臣奉某日詔書曰：『惟元祀月正之三日，將有事於南郊。』」中云：「於是載筆氏書百辟之詞曰：……象胥氏譯四夷之歌曰：……。」最後則以「帝用愀然曰……。」做結，直是以古賦爲律賦，一改當日駢儷之風尚，就如其改革詔書，與古爲侔一般。至於白居易，據元稹追憶道：

貞元末，進士尚馳競，不尚文，就中六籍尤擯落，禮部侍郎高郢始用經藝為進退，樂天一舉擢上第。明年，拔萃甲科，由是〈性習相遠近〉、〈求玄珠〉、〈斬白蛇〉等賦及百道判，新進士競相傳於京師矣。[40]

由現存白居易律賦的內容來看，大概也都針對時務言之有物，行文之中亦以六經爲籍，確是作到了用經藝爲律賦的要求。因此，以元、白在中唐之文名，及其對於考試文學的改革，對當時的士子及文學現象的影響該是相當深遠而值得思考的。

第三節　唐傳奇

「小說亦如詩至唐代而一變，雖尙不離於搜奇記逸，然敍述宛轉，文辭華豔，與六朝之粗陳梗概者較，演進之跡甚明，而尤顯者，乃在是時則始有意爲小說。」[41]明．胡應麟也認爲：

變異之談，盛於六朝，然多是傳錄舛訛，未必盡幻設語，至唐人乃作意好奇，假小說以寄筆端。[42]

所謂「幻設」、「作意」即有意識的創作，若就小說發展的軌跡來看，說唐傳奇是中國文人首次有意識的以小說爲創作對象，並可溯爲中國小說之始，其實並不爲過[43]。是以唐傳奇在中國文學史上，自有其不容忽略的重要性，而唐初傳奇的創作並未昌盛，須到開元、天寶之後才開始逐漸有大量創作，尤其中唐貞元、元和之際更是大家輩出，魯迅〈唐宋傳奇集序〉謂：

> 王度〈古鏡〉，猶有六朝志怪餘風，而大增華豔。千里楊娼、柳程上清，遂極痺弱，與詩運同。……惟自大歷以至大中中，作者雲蒸，鬱術文苑，沈既濟、許堯佐擢秀於前，蔣防、元稹振采於後，而李公佐、白行簡、陳鴻、沈亞之輩，則其卓異也。

這可以說明唐傳奇在中唐的興盛情況，卻也更可以看出元白文學集團在唐傳奇的作者群中，佔有相當重要的份量和地位，茲將唐傳奇重要作品之時代及作者，列表於後：（見下頁）

在下述的作者群中，除了較早的沈既濟、許堯佐之外，蔣防[44]、元稹、李公佐、白行簡及陳鴻諸人均可說是元白文學集團的成員。其高密度而又高水準的作品，對唐傳奇，甚至中國小說的發展，自有不可抹滅之功。

1. 內容的突破：

傳奇名稱	作者	寫作時間	參考來源
〈枕中記〉	沈既濟	建中末～貞元初（七八三～七八五）	王夢鷗《唐人小說研究二集》頁四六
〈柳氏傳〉	許堯佐	貞元末或元和初	同右頁八四～八五
〈鶯鶯傳〉	元稹	約在貞元二十年（八〇四）	陳寅恪《元白詩箋證稿》
〈長恨歌傳〉	陳鴻	元和元年以後（八〇六）	〈長恨歌〉
〈霍小玉傳〉	蔣防	元和三年（八〇八）	王夢鷗《唐人小說研究二集》頁五九
〈李娃傳〉	白行簡	約在元和六年（八一一）	同右，頁九五
〈南柯太守傳〉	李公佐	元和中（八〇六～八二〇）	同右，頁四九～五五

※該表參羅聯添〈唐代文學史兩個問題探討〉一文所列之表。

先就作品內容而言，初唐承六朝之風，在小說的創作上全襲志怪之餘風，〈古鏡記〉、〈遊仙窟〉等早期的唐傳奇作品，無不以神仙鬼怪爲敍述之內容，至如大歷時代沈既濟之名著〈枕中記〉、〈任氏傳〉基本上仍是以志怪內容爲其基調，此後諸如〈異夢錄〉、〈玄怪錄〉等，以志怪爲創作內容基調的作品一直不絕。但唐傳奇若只墨守志怪的內容，當不可能發展成日後強大的小說系統，是以唐傳奇內容上的可貴處，就在於能夠擺除六朝以來的志怪傳統，走向純粹人事的敍述，而此一內容敍述正是元白文學集團成員，傳奇作品的主要內容。而其中又可細分爲對史事的敍述與追憶和當代社會現象的描述二類：

(1)對史事的敍述與追憶：

唐傳奇敍史之作，首推陳鴻所撰之〈長恨歌傳〉時間最早[45]，據稱陳鴻「爲文，則辭意慷慨，長於弔古，追懷往事，如不勝情。」[46]《新唐書·藝文志·小說家類》有陳鴻《開元昇平源》一卷，內容雖已亡佚，但觀其題當是寫史一類，而歸入小說家類，其文體當與〈長恨歌傳〉同屬一類。其爲文之長，蓋在以史寫事。〈長恨歌傳〉的內容在追述開元中，楊貴妃入宮到死於蜀地的本末。楊貴妃的故事本爲唐人所樂道，亦流傳甚廣，而陳鴻此作卻是第一個有條貫的以小說的方式來表達。蓋陳鴻之志在於「史」，其嘗謂「少學乎史氏，志在編年」[47]，故〈長恨歌傳〉全採史筆，是以在故事敍述完畢之後，仍不忘寫上「意者不但感其事，亦欲懲尤物，窒亂階，垂於將來者也。」一段規諫性質的話。不同於正統史傳的是，〈長恨歌傳〉中楊貴妃死後，道人自稱有李少君之術，遂助玄宗上天下地求索楊貴妃，使二人重逢敍情之一段，就比較無法在正史中出現，而在該傳奇中卻佔有將近一半的寫作數量，該文最後卻又要寫著：

> 世所不聞者，予非開元遺民不得知；世所知，有〈玄宗本紀〉在焉。

這很明顯的就是以正史為底本，採錄民間傳統，加以渲染綜輯而成的稗官野史，縱使作者有意使作品產生諷諫效果，發揮良史之才，但其間錯綜複雜的情節安排，感人肺腑的愛情故事，卻更吸引著一般讀者，形成我國講史小說中，雜採民間傳說的創作模式。這種情形同時在陳鴻另一傳奇作品〈東城老父傳〉，表現的更為明顯。

〈東城老父傳〉全篇以唐玄宗時之「神雞童」賈昌生平遭遇為主，記賈昌在兵火之後憶念昔日太平盛事，與今日的凋零破落兩相比照，並藉由賈昌之口，以發抒作者對當時國家逐漸衰亂的觀感。全文一開始就詳述賈昌的來歷，試圖增加後面敍述的可信度，其文首段說：

> 老父，始賈名昌，長安宣陽里人。開元元年癸丑生，元和庚寅歲，九十八年矣。視聽不衰，言甚安徐，心力不衰，語太平事歷歷可聽。父忠，長九尺，力能倒曳牛，以材官為中宮幕士。景龍四年，持幕竿隨玄宗入大明宮，誅韋氏，奉睿宗朝群后，遂為景雲功臣，以長刀備親衛。詔徙家東雲龍門。

這樣的敍述模式，是史傳文學的手法，與後代的講史小說，在提到傳說中之人物，或杜撰人物時的敍述模式，幾乎沒有什麼差別。而講史類的小說則更習慣性的，由此一人物敍述模式，開展出後面或眞或假的史料故事。在〈東城老父傳〉的內容運用上，史實與傳聞交相錯置，既無純粹寫史之枯燥，亦無志怪虛構之迷離，如其文中所述道：

> 祿山往來朝於京師，識昌於橫門外。及亂二京，以千金購昌長安洛陽市。昌變姓名，依於佛舍，除地擊鍾，施力於佛。

安祿山是正史記載的眞實人物，賈昌是傳說中之人物；安祿山亂二京，正史載之鑿鑿，祿山求購賈昌，賈昌避地求佛則僅屬傳聞，二者融織在一起，即在亦眞亦假之中，增加了文章的活潑性與故事性。甚至在行文之中，也常見到涉及各種掌故和時俗的記載。如其文說到：

> 昭成皇后之在相王府，誕聖於八月五日。中興之後，制為「千秋節」。賜天下民牛、酒、肉三日，命之曰「酺」，以為常也。大合樂於宮中，歲或酺於洛：元會與清明節，率皆在驪山。

凡類此等，在正史中列傳不易見到的內容，都在該傳奇作品中一再呈現出來。唐傳奇中講史內容的產生，可說是史傳文學系統的別支，它並不如正史對於內容眞實性要求的嚴格，而是代之以大量的傳聞，豐富的故事性，曲折多變的創作手法。更重要的是，講史傳奇雜入了大量的民間生活題材，具有強烈的世俗性，閱讀對象也能深入民間，不若正史的狹窄且具封閉性。而這些創作意識的誕生與創作內容的選擇，則純粹是文人的產物。所以陳鴻對於此一題材的開拓，不僅開拓了唐傳奇豐富的創作內容，更使史傳文學的觸角深入民間，開展出更大的創作空間。

(2)對當代社會現象的描述：

該集團成員對於此一主題的創作，又可以分成愛情小說和俠義小說二類，前者如白行簡〈李娃傳〉、元稹〈鶯鶯傳〉、蔣防〈霍小玉傳〉；後者則以李公佐的〈謝小娥傳〉爲代表。

情愛小說可以說是唐傳奇中，最爲人所樂道的作品內容之一。這些作品的特點，在於全寫當代的人、事、物，完全沒有任何六朝玄怪的遺風。以當時人寫當時事，自然容易使人感同深受，擴大讀者基礎，對於風土民情也能夠掌握的更加深刻。問題是何以此時文人開始以當時社會爲對象，作小說創作呢？傅錫壬師嘗認爲〈李娃傳〉與〈霍小玉傳〉的創作動機，是白行簡和蔣防以之爲攻訐政敵之法[48]，其論述大致可信，於此想再稍作補充。

〈李娃傳〉和〈霍小玉傳〉既然是爲了攻訐政敵而作，則當時傳奇必須要有廣大的閱讀群象作爲基礎，攻訐政敵才會有實際的效果，爲了能讓當時代的人儘快接受該作品，並受其影響，最好的方法就是以當代的事物作爲創作題材，甚至直揪政敵在社會中的矛盾和黑暗面，於是以戀愛故事爲表，攻訐政敵爲實的小說於是焉產生。只是作者的原創立意不見得都能夠被讀者迅速理解，文學的功能本來就是在潛移默化之中進行，是以〈李娃傳〉和〈霍小玉傳〉直接震撼人心的，即爲其曲折動人的戀愛情節，而非背後的政治訴求。而這兩篇傳奇在內容的運用上，還有一個共同的特點，就是故事中角色的主要活動，都是在民間社會或文人生態當中，也就是說都具有相當程度的社會寫實性。試觀〈李娃傳〉中記敘該生在凶肆中唱哀歌一段，全然爲民間生活之寫照。若果眞如元稹〈李娃行〉一詩中自注云此故事「復本說一枝花」[49]，則其故事底本疑乃《開元天寶遺事》所載長安妓劉國容事演變而來。而白行簡的〈李娃傳〉則是根據當時民間說書人盛行的〈一枝花話〉增補而成[50]。既然是從民間故事發展而成，其對於市井小民的日常生活描述，自然是生動逼眞。這也是我們所看到以民間佚聞爲底本，增補而成的第一篇文人小說，在文學發展史上，自有其不凡的意義和價值，而其大量的採述民間生活，卻又不涉怪力亂神，更是唐傳奇以前絕無僅有的小說創作模式。以後進士文人與妓女間的故事，則是一再被人所詠歎。

再就〈鶯鶯傳〉而言，論者多認爲是元稹的自敘[51]，既是作者對自己以前的感舊追懷，寫來自然是許許動人，這篇傳奇從頭到尾全部都是戀愛故事的敘述，不涉其他。以此篇和唐傳奇最早的作品〈遊仙窟〉稍作比較：〈遊仙窟〉的內容是以神仙和人的戀情做爲故事發展的架構，和〈鶯鶯傳〉同樣是以男女的情愛作爲描述主題，唯〈遊仙窟〉所描寫的人和神之間的關係，具有志怪小說的幻想基調，不若〈鶯鶯傳〉的眞實，而〈遊仙窟〉語及男女情事，多作色情的描寫，以大膽的句子來描寫性愛；〈鶯鶯傳〉則是在含蓄婉約之中，濃情密意自然呈現。試觀崔氏夜裏會張生的一段，其文道：

> 俄而紅娘捧崔氏而至，則嬌羞融洽，力不能運支體，曩時端莊，不復同矣。是夕，旬有八日也：斜月晶瑩，幽輝半床。張生飄飄然，且疑神仙之徒，不謂從人間至矣。

這段該是全文最爲激情之處，但寫來卻半分不涉及色情字眼，柔情之處自滲入讀者心中。上述這些基本的差異，事實上，也正代表著唐傳奇的情愛內容，發展到元稹〈鶯鶯傳〉時，已產生了革命性的改變和進步。

至於〈謝小娥傳〉，歷來討論唐代俠義傳奇者，大多忽略了此文，就唐傳奇其他俠義作品，諸如〈紅線傳〉、〈虬髯客傳〉、〈劉無雙傳〉等作比較，〈謝小娥傳〉的確遜色許多。再就現存李公佐的四篇傳奇來看，〈南柯太守傳〉又比此篇更爲人所稱道，但從唐傳奇的發展來看，卻是不可忽略的一篇重要作品。

該傳奇以作者自述的方式表達，記載謝小娥父、夫俱爲盜所殺，千辛萬苦之下，終於殺死仇人以報其仇的故事。全文架構雖然頗具曲折的情節，卻都敘述的相當簡單，似乎作者之意念，只在記載這樣一件傳聞，並無特意的渲染營構，行文也不甚細膩，是只具唐傳奇的形，而缺少其特長。但這樣的一個故事架構，顯然已經構成了俠義傳奇的基本概念。作者率先採用民間俠義節行之傳聞爲內容，意念上卻是爲了要表彰旌節，在傳奇的最後作者爲了達成其旌表的意念，遂採用史傳文學以「君子曰」、「贊」等史家議論的方式寫道：

君子曰：誓志不捨，復父夫之仇，節也；傭保雜處，不知女人，貞也。女子之行，唯貞與節，能全終始而已。如小娥者，足以儆天下逆道亂常之心，足以觀天下貞夫孝婦之節。余詳備前事，發明隱文，暗與冥會，符於人心，知善不錄，非《春秋》之義，故作傳以旌美之。

通篇看來和《史記・遊俠列傳》的寫作方式幾乎無異，只是在內容上，已全採民間之傳聞了。通常的佚史小說大概都是由正史的片斷牽引而出，在加上民間傳聞而成。此篇傳奇卻是作者全寫民間俠義節行事蹟，以寫史之方式爲之，而史家再採以入正史。《新唐書・列女傳》即收有〈段居貞妻謝〉一段，故事內容與角色姓名，全與〈謝小娥傳〉相同，甚至傳奇文中李公佐自述得解謝小娥殺父夫者之謎，正史亦全然未變。而《新唐書》乃宋人所作，採唐人事蹟入正史，當不可能比李公佐直寫當代人事爲早，因此，以唐傳奇之盛，其故事內容終爲正史所採。自不得不歸功於李公佐的〈謝小娥傳〉了。

元、白文學集團對傳奇文內容的貢獻，除了使內容走向純粹人事的敍述之外，如李公佐的〈南柯太守傳〉直承六朝以來志怪之餘風，而寓之以人生哲理。〈廬江馮媼篇〉的徵異好奇……等皆各俱有特色。只是在唐傳奇內容上的突破貢獻不大，單篇各論亦大有人在，遂姑且省略而不予討論。

2.傳奇體：

陳后山詩話曾記載道：

> 范文正為〈岳陽樓記〉，用對話說時景，尹師魯譏之曰：「傳奇體耳！」傳奇，唐裴鉶所著小說名也。[52]

這段記載至少隱含了幾個重要的觀念。首先，在宋人眼中唐人所撰傳奇，已經有大致相似的創作手法，而統稱之爲「傳奇體」，此體最大的特徵之一就在於「以對話說實景」。在古文家之如尹師魯的觀念中，范仲淹以傳奇創作的手法來寫作文章，似乎是搆不上傳統文人雅士的古文傳統，直以類似民間文學的創作手法，是不足以來寫作古文的。準此而言古文與傳奇二者似乎又是不相干，甚至是雅、俗相斥的兩種文體。當時人可能沒有那麼清楚的文體觀念，但此一問題似乎必須先作一番釐清。

唐代傳奇基本上是用散文寫成的，是以許多學者在討論傳奇的興起時，幾乎都習慣性的和古文運動作對等聯想，陳寅恪先生以爲：

貞元、元和為古文之黃金時代，亦為小說之黃金時代。[53]

劉開榮先生更推而廣之說道：

> 唐代從大曆至大中咸通間約一百年的光景，為傳奇小說的全盛期。按唐古文運動，倡於陳子昂，行於賈至獨孤及諸子，而盛於韓柳元白。但此中有一不謀而和的鐵的事實，就是正當古文運動奔騰澎湃之時，也恰是傳奇小說風起雲湧之期。同時文壇上的一般古文巨子，又幾無例外的都是一時聞名的傳奇小說家。所以說唐代的古文運動，必然與傳奇小說之勃興有著極密切的連繫。[54]

甚至古文運動都被推衍而成為傳奇興起的充要條件之一。鄭振鐸以為「傳奇文是古文運動的一支附庸，由附庸而蔚成大國」[55]。而劉大杰與葉慶炳二位先生撰作中國文學史時，也都在傳奇發生之背景底下，提出了古文運動[56]。

不可否認的，古文運動和唐傳奇的興盛幾乎是在同一時期，但卻不可以因此就認為二者之間，一定有必然的關係。這樣的推論，似乎犯有邏輯形式上的謬誤。事實上，歷來談論古文運動的都是以韓柳為中心，比較不涉及傳奇作品相當豐盛的元白文學集團，而韓愈的〈圬者王承福傳〉與柳宗元的〈梓人傳〉、〈種樹郭橐駝傳〉等較接近於小說式的作品，畢竟也還是散文，不可勉強歸之於唐傳奇。因此說古文家也是小說家就太過勉強。既然「傳奇體」和古文運動沒有那麼深切的必然關係，我們遂另採一條路線，擬純粹就小說的系統，來理解何者為「傳奇體」。

六朝與小說相近似的志怪、諸談大都以筆記叢談的方式來表現，缺少有系統的創作手法，就其行文來看，內容駢、散夾雜，並不因六朝盛行駢儷而以駢體文為之，相反的，卻是散文的手法多於駢文，可以說是代表著傳統詩文的另外一個表現系統。此一唐傳奇之源流降而至唐代，初唐傳奇如〈補江總白猿傳〉、〈古鏡記〉等，仍未脫此一基本的表現方式，須待中唐，始逐漸的改創其創作手法。陳寅恪先生首先以〈長恨歌〉及〈長恨歌傳〉為例，說明了傳奇作品中「歌」與「傳」的不能分離，並舉《雲麓漫鈔》中言舉子以此體溫卷「文備史才、詩筆、議論」之說。關於此說，羅聯添先生〈〈長恨歌〉與〈長恨歌傳〉「共同機構」問題及其主題探討〉一文，已有辨說，再略論如下：

討論〈長恨歌〉與〈長恨歌傳〉的相關問題，除了白居易和陳鴻之外，王質夫自然是不可忽略的關鍵人物，據〈長恨歌傳〉末段所記述，係白居易、陳鴻及王質夫三人「相攜遊仙遊寺，話及此事，相與感歎」才引發的創作靈感，其文載：

> 質夫舉酒於樂天前曰：「夫希代之事，非遇出世之才潤色之，則與時消沒，不聞於世。樂天深於詩，多於情者也，試為歌之。如何？」樂天因為〈長恨歌〉。……歌既成，

使鴻傳焉。

也就是說因為王質夫的從中催請，才有白、陳二人作品問世，而王質夫以為白居易是「深於詩，多於情」，所以要求白居易試著以此為題材，引而作詩。陳鴻以相同的題材，改以「傳」的方式來表達，可知在王質夫和白居易二人眼中，陳鴻該是「深於史，多於理」的人吧！其創作情境就如今日文會之時，尋一相同題材，以待文友各以己長自由創作一般。既如此，則〈長恨歌〉以詩情衡之，自不必深究其首尾之獨立，〈長恨歌傳〉以史識理之，則其「欲懲尤物，窒亂階，垂於將來」57的用心也是可以理解的。是以白詩的「見詩筆」，陳鴻的見「史才、議論」係作者各人之所特長，自不必合而為一。這樣的創作模式，合則相得益彰，分開亦不損作品的獨立性。只是此例一開，遂使後繼者得有仿效之資，元稹〈鶯鶯傳〉和李紳〈鶯鶯歌〉相合而成一體即是。

再就小說發展的脈絡來看，六朝志怪筆叢的作家，如干寶、吳均等人都可以算是駢文名家，但是干寶的《搜神記》，吳均的《續齊諧記》等，都是以散文的方式寫作，可見散文一直是中國小說的傳統58，唐代的傳奇作者，只是自然的承接此一傳統，以散文作為記敘故事，描繪情節的手法，所以傳奇的行文則自然的駢、散夾雜，而以散文為主，絕不如一些古文家的力圖避免偶句。事實上，傳奇內容包羅萬有，以散文敘事，駢文抒情正符合作者的運用，以古文家之拘限，難有傑出的傳奇作品。若仔細比較六朝志怪、初唐傳奇二者和中唐傳奇之別，將發現元白文學集團對傳奇行文的貢獻，是在以散文基礎的傳統上，加深加廣了它的創作技巧。所謂加深，是指加深對唐傳奇的的思想內容的要求，如〈南柯太守傳〉的寓人生哲理於其中。加廣則是指拓廣了筆記式的行文法，融以「詩筆，史筆，議論」。

可知，對唐人而言唐傳奇是一種新的創作體裁，是一種全新的發展，並不如唐詩有六朝詩人的鋪路，也不如古文有秦漢的傳統。既是首次文人有意識的創作小說，其依據與束縛也非常少。因此，在此一文體之內就可任由作者馳騁、創造；也就是說中唐文人正在創造唐傳奇此一文體。也正因爲正在創造成型之中，所以每人紛紛以自己的方式來寫作，沒有既定的模式，也沒有特定的要求。詩筆、史筆、議論等，只要是作者能運用得上的方式，就可以試圖放在唐傳奇作品中。形成雜燴式的最新寫作體裁。我們不妨假設經過元、白諸人對於唐傳奇的試作，此一創作方式才逐漸定型，成爲小說的發展系統。而此一創作樣式，基本上是比較接近民間的，閱讀對象也擴及一般平民。元稹和白居易喜聽民間說話人講〈一枝花話〉，白行簡據以改編成爲〈李娃傳〉；和〈霍小玉傳〉對民間生活型能的如實映現，在在都說明了唐傳奇極具有濃厚的民間性格。這些「新的」、「世俗的」創作方式，都不是嚴板的古文家所能輕易接受，因此尹師魯才會對范仲淹之文以對話設景，譏之爲「傳奇體」。綜合而言，所謂「傳奇體」並非只是指小說此一文體，而是指中唐文人一種雜燴式的試作，沒有一定的規格和限定，風格趨向於大衆化的一種新的創作樣態。而這些創作模式的產生，則是文人在遊宴、文會之中，間接性的互動、激盪，再不經意的組合而成的。白居易和陳鴻、元稹和李紳的「詩」、「傳」，都是在這樣的嘗試狀態下完成，自不必勉強撮合其架構了。

第四節　民歌

該集團的民歌作品幾乎都環繞著白居易和劉禹錫二人，而這些民歌作品事實上，也和劉白二人的境遇有直接密切的關聯。劉禹錫自王叔文黨事件之後連番被貶，長年居於連州、朗州等遠外之地[59]。奠定了他民歌創作的基礎，白居易晚年與劉禹錫酬唱殷勤，加上本身對音樂、民歌的喜好，遂使得中唐後期民歌能夠大放異彩。殊值深加討論：

1.創作意識：

劉禹錫在連、朗、夔諸州，所到必表其風物之嘉、民俗之厚，民歌創作數量衆多，又膾炙人口。諸如〈蠻子歌〉、〈竹枝詞〉等均爲後人所稱道，只是以一個當代大文豪的身份，何以戮力於民歌的創作，其背後之創作意識頗值玩味。事實上，其民歌創作與其政治遭遇是有相當程度的關連性，這可溯及永貞年間的王叔文事件，時王伾、王叔文掌權銳意革新，遂引柳宗元、劉禹錫諸人居要職，以求吏治革新，不久旋即失敗，黨人全遭貶斥[60]，這對於正當年盛，胸懷政治理想的劉禹錫而言，實爲莫大之打擊，其政治前途遂在一時之間黯淡無光，此後連番被貶，不得與聞政治中心。在現實政治行爲上無法發揮其才能，詩人乃將心力置之於民風歌行，希望能上達天聽，並抒發其個人抑鬱之情，最明顯的例子，就是詩人在民歌中不時表露出對屈原的懷念感傷之情。其〈競渡曲〉一詩下，詩人自序云：

> 競渡始於武陵，至今舉楫而相和之，其音咸呼云何在，斯招屈之意，事見圖經。

而《樂府詩集》也說：

> 舊傳屈原死於汨羅，時人傷之，以舟檝拯焉，因此成俗。[61]

可知〈競渡曲〉大致上是起於對屈原投江之事，劉禹錫巧妙的將風俗實景和詩人之情結合。全詩第三句寫「靈均何年歌已矣」，末句又再點出「招屈亭前水東注」，「夢得對遭讒遠謫的屈大夫，異代同情，既傷逝者，亦復自傷，情見乎辭」[62]。全詩除了寫出民俗風情之外，其悼念屈原之情，同時也是詩人無可奈何的自傷。同樣地，〈采菱行〉中詩人也表達了對屈原的無限哀思。此詩前半部全寫白馬湖上採菱之情與景，直到最後一聯，欻然轉變詩意道：

> 屈平祠下沅江水，月照寒波白煙起。
> 一曲南音此地聞，長安北望三千里。

蒼涼蕭瑟之感，不禁油然而起，因沅江楚水正是屈原當年飄泊行吟之地，此時行吟之人，卻換成了作者自己。直是屈原之寃亦如夢得之憤，劉禹錫自己也提到「潘岳歲寒思，屈平憔悴顏」[63]，可知詩人屢次在詩中托意於屈原，實有濃厚的自我寫照之意。

劉禹錫既以屈原自況，則其抑鬱之情亦當如是，其對於民歌的仿創，亦承襲屈原之精神而來，其〈竹枝詞〉小序，自述道：

> 四方之歌，異音而同樂。歲正月，余來建平，里中兒聯歌〈竹枝〉，吹短笛擊鼓以赴節。歌者揚袂睢舞，以曲多為賢。聆其音，中黃鐘之羽。卒章激訐如吳聲，雖傖儜不可分，而含思宛轉，有〈淇澳〉之豔。昔屈原居沅湘間，其民迎神詞多鄙陋，乃作為〈九歌〉，到于今荊楚鼓舞之。故余亦作〈竹枝詞〉九篇，俾善歌者颺之，附於末，後之聆巴歈，知變風之自焉。

可知劉禹錫是有意識的繼承了屈原改寫土風的手法，土風歌謠大多鄙俚傖儜，屈原改編成〈九歌〉之後，爲世人所傳頌，而劉禹錫的作〈竹枝詞〉，也正是希望以文人之生花妙筆，對土風樂府潤色美化，使其可傳可誦，也就是將土風民謠的鄙俚之歌，經文人之手提升其層次，爲衆人後世所賞，而劉禹錫的改造土風民謠，的確也有莫大的成就。據史書上說：

（朗）州接夜郎諸夷，風俗陋甚，家喜巫鬼，每詞歌〈竹枝〉，鼓吹裴回，其聲傖儜。禹錫謂屈原居沅湘間，作〈九歌〉，使楚人以迎送神，乃倚其聲作〈竹枝詞〉十餘篇，於是武陵夷俚悉歌之。[64]

《樂府詩集》也承此說，謂：

〈竹枝〉本出於巴渝，唐貞元中，劉禹錫在沅湘，以俚歌鄙陋，乃依騷人〈九歌〉作〈竹枝新辭〉九章，敎里中兒歌之，由是盛於貞元、元和之間。禹錫曰：〈竹枝〉，巴歈也。

既然其改造之土風民謠能盛於貞元、元和此一文學多變，文家特出之時，亦可知其成效之大。只是，詩人的創作意識，似乎並不只是單純的要改造土風民謠，有一部份的作品，詩人也隱然含有《詩經》中的采詩觀念。如〈采菱行〉、〈插田歌〉等作品中的小序，均明言「以俟采詩者」，其原文寫著：

武陵俗嗜采菱，歲秋矣，有女郎盛遊於馬湖，薄言采之，歸以御客。古有〈採菱曲〉罕傳其詞，故賦之以俟采詩者。（〈采菱行．序〉）

連州城下俯接村墟。偶登郡樓，適有所感，遂書其事為俚歌，以俟采詩者。（〈插田歌．序〉）

可知作者所謂的「以俟采詩者」，實在含有兩種功能，第一種是單純的記述風土民情，使之流傳不輟，永爲人知，如〈競渡曲〉、〈采菱行〉即是；第二種即是寓爲諷諭義意，如〈插田歌〉借長安歸來之計吏，以刺長安政局的汚濁，〈畬田作〉寫畬田農民之苦與官吏之橫。就因爲這樣的采詩觀念，乃知劉禹錫民歌之作，是以極爲嚴肅的心態爲之，而非一般文人的遊戲之作，其〈沓潮歌．并引〉寫道：

元和十年夏五月，終風駕濤，南海羨溢。南人曰沓潮也，率三更歲一有之。余為連州，客或為予言其狀，因歌之附於〈南越志〉。

劉禹錫述沓潮之景象，並不如一般文人遊記之作，而是想以詩爲史，忠實的將邊地風土民情敘以入詩，並期透過采詩之官載以入史，其創作意識極爲明顯而可貴。

相對於此，白居易的民歌作品就顯得文人遊戲之味較重。如〈醉後聽唱桂花曲〉、〈聽竹枝贈李侍御〉等詩中所提到的〈桂花曲〉、〈竹枝詞〉等民歌，都是供文人茶餘酒後娛樂之用。實際上，白居易眞正的參與民歌創作，大多要待晚年和劉禹錫相互唱和之後才見，由作品創作的先後來看，白居易對民歌的改製創造，有可能是受了劉禹錫的影響，否則白居易可能還只是在欣賞，玩唱的階段。也因爲白居易早年曾大量創作以民間生活爲主的新樂府詩，加以其本身又通曉音律，所以晚年參與民歌的仿創，自容易有一番成就。

2.民歌的音樂性：

唐代的音樂，基本上分爲雅樂和俗樂兩大類，而民歌民謠本是口耳傳唱的歌曲，是屬於俗樂的範圍。但原始民歌鄙俗傖儜，多停留在清唱的階段，較難入樂，是以以民歌爲基礎，加以選擇、推薦、加工，使其脫離最初的民歌形式，而成爲一種藝術歌曲，在唐代乃稱之爲「曲子」。「曲子比之一般民歌得到更廣泛的應用；除了仍可像一般民歌一樣，單獨清唱之外，它們還被用於說唱、歌舞等等其他更高的藝術形式中間。它們流傳到都市中間，也得到市民和文人們的愛好，形成市民音樂中的重要構成因素，成爲文人寫作新作品的更好形式。」[65]因此，嚴格的來說劉、白改創的民歌，其中部份已兼具有「曲子」的性質和意義了。劉禹錫所作〈采菱曲〉、〈莫傜歌〉、〈蠻子歌〉等較早的作品，則是由單純的土風歌謠，發展成爲曲子的過渡階段，以〈竹枝詞〉爲例。劉禹錫〈竹枝詞〉九首作於入夔之後，前人已辨之甚詳[66]，而劉禹錫在詩前的小引中已明白提到「四方之歌，異音而樂同」，其作〈竹枝詞〉的目的之一，就是要改善吳聲中的激訐傖儜，就如屈原以民間鄙陋的迎神詞，改造而成〈九歌〉之一般，以俾「善歌者颺之」，準此而言，劉禹錫對民間歌謠的改創，主要是在文字、聲調及用韻上，也就是不改變原來的曲調，而另製新詞，《新唐書》上說其乃「倚其聲，作〈竹枝詞〉」[67]，如此一來，則改變了原來「選詞以配樂」的結構，而成爲「倚聲塡詞」的創作模式。就以其結構組織來看，〈竹枝詞〉全爲四句七言之形式。而唐代繼承前朝舊曲，以六朝的清樂爲主，即爲清商曲詞，「這類歌謠，大抵爲五言小詩的型態。唐人歌謠，五言如絲竹，七言如羌笛琵琶，繁絃雜管。因此，唐代的民間歌謠，以四句的五、七言詩爲主體」[68]，對初、盛唐而言七言句式算是一種新體，發展到中唐，五、七言已同爲民間歌謠的主體，此一體製和絕句大致相似。而絕句在唐代是比較容易入樂的一種文體，清・王士禎嘗謂：「絕句爲唐三百年之樂府」[69]，清・沈德潛也認爲：「絕句，唐樂府也，篇止四語，而倚聲爲歌，能使聽者低廻不倦。」[70]唐・薛用弱《集異記》裏，記載了王昌齡、高適、王之渙三人在旗亭聽唱的故事，也更說明了五、七言四句形式的絕句，具有濃烈的音樂性。只是文人在創作絕句時，所依循的是平仄，押韻等近體詩的規製，並沒有先寫好的歌譜，以供寫作之用，那麼絕句的可入樂，基本就在於短小精工，適合於樂工採其詞以入樂。此一以絕句爲主，採其詞以配樂的情況，而廣爲當時人所採行。因此當劉禹錫之改創民歌，也同樣以此一句式爲創作樣式，其間實具有明顯的關連性。事實上，劉禹錫另有一部分的民歌作品，並不具備有太濃厚的音樂效果，而是以內容爲主，像〈采菱行〉之小序，自言：「古有〈采菱曲〉罕傳其詞，故賦之以俟采詩者。」既然是以「賦」的寫作方式，以傳其風土、歌詞爲主，自不可能採四句之形式來加強其音樂效果，相同的，如〈桃源行〉、〈九華山〉、〈插田歌〉、

〈畬田作〉等或記風土民情，或寓諷諭現實，所採行的是「敷采擒文，體物寫志」的手法，自然不可能太照顧到音樂效果。所以，若細觀之，劉禹錫倚聲塡詞之依據，應該和文人絕句之間有相當程度的關係。不同的是絕句貴於「言微旨遠，語淺情深」[71]，而劉禹錫始終把握著「清純樸素」、「俗而不俚」的原則，以口頭語寫眼前景，極盡白描手法之能事。這也就是純文人之雅作，和仿創世俗民歌的基本差別。也正因爲劉禹錫成功的以蜀地原有的民歌音樂，潤以文人之詞寫成〈竹枝九章〉，所以「後代詩人多有仿作，遂成詩歌別體，凡以七絕形式詠土俗瑣事者，多稱〈竹枝詞〉。」[72]誠直如宋・黃山谷所說：

> 劉夢得〈竹枝〉九章，詞意高妙，元和間誠可獨步，道風俗而不俚，追古昔而不愧，比之杜子美〈夔州歌〉，所謂同工異曲也。[73]

只是〈竹枝詞〉的寫作並非始於劉禹錫。白居易在元和十四年（八一九）到忠州赴任，就已接觸到〈竹枝曲〉[74]，其〈聽竹枝贈李侍御〉云：

> 巴童巫女竹枝歌，懊惱何人怨咽多？
> 暫聽遣君猶悵望，長聞教我復如何！

〈竹枝〉本是巴渝間的鄉土歌謠，在深解音律的白居易耳中，是屬於悲切的曲調，爲其所喜愛，並成爲文人遊宴之間娛樂助興之用，白居易嘗有詩曰：

豔聽竹枝曲，香傳蓮子盃。——〈郡樓夜宴留客〉

江果嘗盧橘，山歌聽竹枝。——〈江樓偶宴贈同座〉

為君傾一盃，狂歌竹枝曲。——〈題小橋前新竹招客〉

蕃草席鋪楓葉岸，竹枝歌送菊花盃。——〈九日題塗谿〉

甚至白居易亦在此時參與了〈竹枝詞〉的創作，其〈竹枝詞〉共有四首，亦全用七言四句之形式，清．毛奇齡嘗評其第四首說：

白樂天〈竹枝詞〉云：「江畔何人唱竹枝，前聲斷咽後聲遲。怪來調苦緣詞苦，此是通州司馬詩。」樂天善歌，每識歌法，觀第二句，則長年唱和之法盡之矣。其以調與詞分二端，亦屬歌法。所謂善歌者須得詩中意耳。[75]

此言正是白居易自謂「古人唱歌兼唱情」[76]，要求聲情合一的音樂效果。這和劉禹錫倚聲塡詞的意義是相似的。只是創作態度上，可能不如劉禹錫「俟采詩者」一般的嚴肅，而文人遊戲之筆的成份居多。

待劉、白二人開始有較密集的酬唱時，民謠歌曲也成爲他們共同砌磋的主要形式之一。〈楊柳枝詞〉就是主要的作品之一。白居易晚年居洛陽之時作有〈楊柳枝詞〉八首，劉禹錫也有九首〈楊柳枝詞〉相和，按〈楊柳曲〉見於《教坊記》，本隋曲〈柳枝〉，傳至開元，張祜曾有詩云：「莫折宮前楊柳枝，玄宗曾向笛中吹。」[77]白居易所作的〈楊柳枝詞〉大概即是由此翻作。清．何琇以爲：「〈柳枝詞〉起於中唐，故白香山稱『聽取新翻楊柳枝』也。」[78]〈柳枝詞〉該是依〈楊柳曲〉而塡之文句，亦白居易之所據。總之，白、劉創作〈楊柳枝詞〉基本上即在前人的樂曲上翻作，而且翻作的部份，可能不只限於文詞，也包括了曲調，白居易在〈楊柳枝詞〉的第一首，即明白的說道：

六么水調家家唱，白雪梅花處處吹。
古歌舊曲君休聽，聽取新翻楊柳枝。

劉禹錫也在〈楊柳枝詞〉的第一首，相和道：

塞北梅花羌笛吹，淮南桂樹小山詞。
請君莫奏前朝曲，聽唱新翻楊柳枝。

這無疑是標示了文人正式參與了民歌詞和曲的創作，不僅能倚聲塡詞，更能改制聲律。因此，白居易在稍後所作的〈楊柳二十韻〉詩前小注說：

〈楊柳枝〉，洛下新聲也。洛之小妓有善歌之者，詞章音韻，聽可動人，故賦之。

所謂「洛下新聲」，即代表白、劉對其曲調的改創，而劉、白的以〈楊柳枝詞〉相互唱和，遂開後代文人塡詞製曲的先河。《樂府詩集》竟也承此而說：

〈楊柳枝〉，白居易洛中所製也。

甚至連〈本事詩〉也徵引而說：

> 白尚書有妓樊素善歌，小蠻善舞，嘗為詩曰：「櫻桃樊素口，楊柳小蠻腰。」年既高邁，而小蠻方豐豔，乃作〈楊柳枝辭〉以託意曰：「永豐西角荒園裏，盡日無人屬阿誰？」及宣宗朝，國樂唱是辭，帝問誰辭？永豐在何處？左右具以對。時永豐坊西南角園中有垂柳一株，柔條極茂，因東使命取兩枝植於禁中。居易感上知名，且好尚風雅，又作辭一章云：「定知玄象今春後，柳宿光中添兩星。」河南盧尹亦繼和。薛能曰：〈楊柳枝〉者，古題所謂〈折楊柳〉也。乾符五年，能為許州刺史，飲酣，令部伎少女作〈楊柳枝〉健舞，復賦其辭為〈楊柳枝〉新聲云。[79]

雖然孟棨所言時、空錯置[80]，但由此可得知，白居易別創新詞之後，已能使文人繼而仿效，形成了新的文學創作模式。

3.民歌與詞：

繼〈楊柳枝詞〉成功的改創之後，劉、白又以〈浪淘沙詞〉作爲唱和之用。按此調見錄於《教坊記》中，任半塘以爲：

> 此調於七言四句聲詩外，或尚有他體。調名既見於盛唐，其調不始於劉禹錫等可知。[81]

〔浪淘沙〕可能是當時流行的歌曲，劉禹錫依此而作〈浪淘沙詞〉九首，白居易繼而作詞六首以相答和。雖然我們無法得知劉、白二人是倚聲塡詞，或是創翻新曲，但至少可以明確獲悉劉、白以民間歌曲相互唱和，其範圍已經由土風樂府、擴大到一般民間的流行歌曲。尤其值得注意的是劉禹錫的〈浪淘沙詞〉最後一首寫道：

流水淘沙不暫停，前波未滅後波生。
今人忽憶瀟湘渚，回唱迎神三兩聲。

繼此之後，劉集馬上編有〈瀟湘神詞〉二首，寫道：

其一
湘水流，湘水流。九疑雲物至今愁。君問二妃何處所，零陵香草露中秋。
其二
斑竹枝，斑竹枝。淚痕點點寄相思。楚客欲聽瑤瑟怨，瀟湘深夜月明時。

這大概是承前詩末聯而來。就〔瀟湘神〕之名以觀之，應該是屬於神紘之曲，劉禹錫依其聲而製詞，其意義和〈浪淘沙詞〉是相同的，可是在結構上獨於首句疊三字，而不採通篇七言句的形式，就其結構和入樂性來看，似乎和後世的「詞」這一新興文體隱然相似。同時此一作品也和劉、白另一名作〈憶江南詞〉，被後世共推爲此詞牌之始。這說明了劉、白正以文人之筆，融合之民間歌謠，在嘗試拓展一種新的文學體裁。而這也正是「詞」的起源的論題之一。

有關詞的起源，歷來主要有兩種不同的說法，一是主張由詩變來的，認爲「唐人所歌，多五、七言絕句，必雜以散聲，然後可被之管弦，其後遂譜其散聲，以字句實之，而長短句興焉！故詞者，所以繼近體之窮，而上承樂府之變者也。」❽二是主張與詩並行，而非緣於詩，以爲「古樂府者，詩之旁行也。詞曲者，古樂府之末造也。」❽事實上，這兩種論調都各執一偏，無法通觀全體，殊不知詞體的興起，實繫於文人之筆，而文人之筆，則在於其意志的驅使和音樂環境的變化。劉師培嘗謂：

> 上古之時，六藝之中，詩樂並列。而詩有入樂不入樂之分，……降及秦漢，樂經遂亡，然漢設樂府之官，而依永和聲，猶不失前王之旨。及樂府之官廢，而樂教盡淪。——夫民謠俚諺，皆有抑揚緩促之音，聲有抑揚，則句有長短，樂教旣廢，而文人墨客無復詠言詠歎，以寄其思。乃創為詞調，以紹樂府之遺。❽

依此言，詩與樂的分鑣而馳在於樂府官署的廢弛。二者分途之後，文人之作和樂府民歌就形成了兩個並行的系統。劉氏只謂文人創爲詞調，是爲了「紹樂府之遺」，似乎忽略了文人雅作中的絕句，有一部份也是合樂的。就唐代而言經歷了六朝以來沈約等人的研製聲律，遂有近體詩之興起，近體詩本是人爲之音律，其整齊的句式，並不完全適合入樂，但是五言四句的形式，六朝吳歌、西曲卻佔了絕大多數，並不妨礙其歌唱效果，以四句式爲準的絕句，當然也就比律詩、俳律等，更適合於譜之入樂。更何況唐代除近體詩外，所謂的樂府作品大都即事名篇，幾乎已完全脫離其原有的音樂性，所以絕句遂代之而成爲歌唱之新體。但是關鍵在於並不是每首絕句都可以入樂的。詩歌譜以入樂的方法，大致上有「由徒歌而被之管弦」和「因管弦而造歌以被之」[85]二途，絕句既然有平仄、押韻等人爲限制，不爲樂曲而作甚爲明顯，則其入樂性當是屬於「徒歌以被之管弦」的方式。而絕句是屬於文人的創作範疇，譜曲則是樂工之職責，二者密切合作，才可能使絕句成爲「唐三百年之樂府」[86]。但樂工和文人地位並不相等，樂工若能得一有名文人之詞以製曲，則如獲恩賜。《集異記》裏記載王之渙等三人旗亭觀唱的故事，俟樂工知道這三位詩人，就是他們所唱歌詞的作者時，不也十分雀躍，敬愛異常。文人以其作品被樂工選以配樂而自豪，卻也不因此而影響其創作意識。而文人四句式五、七言作品既被樂工所接受，可能也會影響到曲譜的塡製，儘量往此一方向發展，只可惜，從現存資料，已無法仔細觀測曲譜的變化了。惟可以得知的是唐代除了以近體入樂之外，尚有外來之夷樂和里巷之俗調二種樂曲。就前者而言，唐時胡樂之風儘管盛行，但是細觀胡樂所傳入的幾種樂曲名，如〔胡旋〕、〔廻波樂〕、〔甘州遍〕、〔蘇幕遮〕等都還不能算是中唐時的詞牌，只是樂曲名，應該是詞體興起之後，再增引的詞牌，所以和詞的興起關係沒有後者緊密87。至於後者，則和文人之近體雅作相雜，以產生新興之「詞體」。《舊唐書・音樂志》說：「自開元以來，歌者雜用胡夷里巷之曲。」所謂「里巷之曲」也就是指土風民歌而言，在初期的詞調中，可以確指爲出於里巷之歌的並不多，大概有〔竹枝〕、〔採蓮子〕、〔菩薩蠻〕等，但也只有〔竹枝〕可以確信是中唐時所有。而〔竹枝〕本出於巴渝，劉禹錫以其鄙俗，乃更創新詞；亦即因爲劉禹錫的據以新創，才使其脫離了傖儜鄙陋之音，成爲文人雅士的創作品。也因此〈竹枝詞〉遂以七絕的形式問世。這可以說是文人有意識的將絕句和里巷歌謠做一調和，餘如〈楊柳枝詞〉、〈浪淘沙詞〉、〈拋球樂詞〉等均是，《碧雞漫志》云：

> 唐時古意亦未全喪，〔竹枝〕、〔浪淘沙〕、〔拋球樂〕、〔楊柳枝〕，乃詩中絕句，而定為歌曲。88

「古意未喪」意指唐人心中仍存有詩、樂合流之理想，而將詩中絕句，依世俗曲調定爲歌曲，可知絕句和俗曲之間的調和性。此一調和工作又非文人不能畢其功了。劉、白以詩人之筆，作民風之歌以爲二人唱和之用，其作品無形之中遂成爲詞作的先河。

只是文人仿創此體，和個人的音樂素養是有密切關係的。絕句的整齊句式如何入樂，原來只是樂工的事，劉、白創翻新曲，就必須照顧到此一問題，〈竹枝詞〉可能還只是用文人的絕句形式來入樂，可是〈楊柳枝詞〉既稱「白居易洛中所製新聲」，就必須開始考慮到歌詞句式，和曲調節拍之間的配合。胡適認爲：

> 通音律的詩人，受了音樂的影響，覺得整齊的律絕體很不適於樂歌，於是有長短句的嘗試。這種嘗試，起先也許是遊戲的，無心的；後來功效漸著，方才有鄭重的，稍有意的嘗試。……這種嘗試的意義是要依著曲拍試作長短句的歌詞；不要像從前那樣把整齊的歌詞勉強譜入不整齊的調子。這是長短句的起源。[89]

〈瀟湘神詞〉和〈憶江南詞〉就是劉、白由整齊句式改爲長短句式的嘗試，劉禹錫集中不也明白寫者其和白居易詩，係「依〈憶江南〉曲拍爲句」，既是依曲拍而作詩，自然就形成了長短不齊的句式。而長短句的形式，似乎也意味著唐代選詞配樂的結構已逐漸改變，而代之以通曉音律的文人依樂塡詞了。再以〈憶江南〉而言，《樂府詩集》說：

> 一曰〈望江南〉。《樂府雜錄》曰：「〈望江南〉本名〈謝秋娘〉，李德裕鎮浙西，爲妾謝秋娘所制。」

而查《李衞公集》中有〈錦城春事憶江南〉五言詩三首，題存而詩亡，若依《樂府詩集》所言，則〔憶江南〕最早當是屬於五言的整齊形式⑩，待白居易重翻時，卻改成長短句，其詞第一首云：

江南好，風景舊曾諳。日出江花紅勝火，春來江水綠如藍，能不憶江南。

劉禹錫「和樂天春詞，依〔憶江南〕曲拍爲句」時，也以同樣的形式寫道：

春去也，多謝洛城人。弱柳從風疑舉袂，叢蘭挹露似霑巾，獨坐亦含嚬。

由整齊形式邁向長短句的過程，由此一覽無遺。當然，當時的民間樂工，可能就有長短句填詞的形式，這也就如朱熹所說的：

古樂府只是詩，中間卻添許多泛聲，後來人怕失去了那泛聲，逐一聲添個實字，遂成長短句。今曲子便是。⑪

《全唐詩》裏也說：

唐人樂府元用律絕等詩，雜和聲歌之，其并和聲作實字，長短句以就曲拍者，為填詞。[92]

這些現象，可能都只是唐人取文人近體詩入樂的變通情形，而樂工所爲，我們並沒有看到唐人在寫律、絕時，爲了使其入樂，主動在整齊的句式上，添加泛聲或改爲實字的行爲。當文人的強勢文化壓過樂工的弱勢文化時，較早產生行爲變遷以適應環境的，應該是樂工的譜曲，而非文人的創作。

民間樂工的長短句形式，可能會對文人有所影響，卻不具有絕對的必然性。劉、白的〈竹枝詞〉已是倚聲塡詞，仍舊保持著七言絕句的形式；〈楊柳枝詞〉已然翻創新聲，卻也是七言的整齊形式；甚至〈瀟湘神詞〉和〈憶江南詞〉已是長短句的形式，但觀其內容，字句均實義相連，並未見有先添泛聲，再雜以實字的痕跡。從劉、白的民歌仿創，到其倚聲塡詞，具有音樂和文學素養的文人，主導著詞的興起，其軌跡甚明。況且，就文體發展的觀點來看，民間文學再如何的生動活潑，樣式繁富，若沒有文人的配合運用，是絲毫不具任何意義的。

劉、白的民歌仿創，相互酬唱，在有意無意之間，替後代開闢了一條全新的創作道路。雖然，我們無法說劉、白是詞作的始祖，但以二人在中唐末文學地位之崇高，對於文人的正式參與塡詞，該有推波助瀾之功。《尊前集》中收錄有白詞二十六首，劉詞三十八首，似乎正也標示著劉、白在詩、詞之間的引渡之功。

附註

❶ 引見白居易〈編集拙詩成一十五卷因題卷末戲贈元九李二十〉。

❷ 李紳的新樂府詩作多已失傳，是以僅能由元、白二人的作品來討論。

❸ 引見元稹〈和李校書新題樂府十二首序〉。

❹ 引見白居易〈新樂府序〉。

❺ 襲陳寅恪語。詳參氏著《元白詩箋證稿》第五章〈新樂府〉。

❻ 其恢復「采詩」之主張，見於第六十九道策林。

❼ 引見元、白合著第六十八道策林。

❽ 引見元稹〈樂府古題序〉。

❾ 引見《唐音癸籤》卷十五。

❿ 引見蕭滌非《漢魏六朝樂府文學史》，長安出版社印行。

⓫ 引同上注，頁八二。

⓬ 引見白居易〈新樂府序〉。

⓭ 今日所見研究元白新樂府之專著如廖美雲《元白新樂府研究》、張修蓉《中唐樂府詩研究》等，幾乎都只認定元白新樂府是卽事名篇，重內容不重音樂性，或完全不入樂的諷諭詩。

⓮ 引見元稹〈樂府古題序〉。

⓯ 上引皆見白居易〈與元九書〉。

⓰ 據《白氏長慶集》中白居易的詩作裏，自己曾提到過愛聽古琴、琵琶、阮咸、箏等樂器演奏，愛聽〈霓裳雨衣〉、〈高調涼州〉、〈綠腰〉、〈水調〉、〈何滿子〉、〈都子歌〉等樂曲。

⑰ 如〈無可奈何歌〉末句即是：「故吾所以飲太和扣至順而爲無可奈何之歌」。

⑱ 引同注❺。

⑲ 《唐宋詩醇》卷二十：「（折臂翁）大意亦本之杜甫〈兵車〉、〈前、後出塞〉等篇，借老翁口中說出，便不傷於直遂，促促刺刺，如聞其聲，而窮兵黷武之禍，不待言矣。」

⑳ 引同注❺。

㉑ 引見廖美雲著《元白新樂府研究》，頁二二八，臺灣學生書局，七十八年六月初版。另俞炳禮之《白居易研究》頁二〇一，也說：「像這些公式化的結束語，雖然使人易懂詩人的感情，但未免寫的過份淺露，一洩無遺，有傷涵雅之致，反而降低了全詩的價值。」見氏著七十七年師大博士論文。

㉒ 《舊唐書・白居易傳》：「穆宗親試舉人，（白居易）又與賈餗、陳詁爲考策官，凡朝廷文字之職，無不首居其選。」

㉓ 該事件詳見《舊唐書・李宗閔傳》及《資治通鑑・元和三年夏四月條》。

㉔ 白居易在策林之前自序云：「元和初予罷校書郎，與元微之將應制舉，退居於上都華陽觀，閉戶累月，揣摩當代之事，構成策目七十五門……集之，分爲四卷，命曰策林云耳。」

㉕ 引據朱金城《白居易集箋校》〈策林序・箋〉所引，上海古籍出版社，一九八八年十二月初版。

㉖ 引見白居易〈策林序〉。

㉗ 引見白居易〈策頭〉第一道。

㉘ 引同上注，第二道。

㉙ 上引均見白居易〈策項〉第一道。

㉚ 引見《舊唐書・元稹傳》。

㉛ 引見《新唐書・元稹傳》。

㉜ 引見明・徐師曾《文體明辨》。

33 引見清・李調元《賦話》。

34 引見孫梅《四六叢話・述賦篇》。

35 唐代試賦開始有押韻的限制，據清・徐松《登科記考》說：「《永樂大典・賦字韻注》云『開元二年，王邱員外知貢舉，始有八字韻腳，是年試旗賦，以『風日雲野軍國清肅』爲韻。按雜文用賦，初無定韻，用八字韻自此年始。』見《能改齋漫錄》引僞馮鑑《文體指要》。」同樣的內容，亦見於清・李調元《賦話》引《能改齋漫錄》之說。

36 引同注33。

37 引同注33。

38 詳參李曰剛《辭賦流變史》第五章〈律賦〉，頁一八五～一八八，對於白居易〈性習相近遠〉賦和明・顧憲成〈舉舜而敷治〉八股文的比較。文津出版社，七十六年二月版。

39 引同上注第七章〈股賦〉，頁二一一。

40 引見元稹〈白氏長慶集序〉。

41 引見魯迅《中國小說史》第八篇〈唐之傳奇文（上）〉，頁七五。

42 引見胡應麟《少室山房筆叢》，三十六。

43 唐傳奇以前的神話、傳說、詞賦、志怪、諧談等，若就現代對小說的要求來衡量，都只能具備有發展成爲小說的某些條件而已，不能牽強附會的納入小說的範圍，更不可以說成是小說之始。

44 《全唐詩》小傳稱蔣防「元和中，李紳薦爲司封郎中知制誥，翰林學士，李逢吉逐紳，因出防爲汀州刺史。」然王夢鷗先生在〈霍小玉傳之作者及故事背景〉一文，對上述記載之間略無當，辨之甚詳。按其論「蔣防之入翰林草創，本後於李紳。然其官途之升遷，亦可因元稹之推引，是採《舊唐書・龐嚴傳》謂蔣防爲「稹、紳保薦」爲折衷。姑不論何者爲是，蔣防和元稹、李紳均有密切的政治關係，自可歸屬於元白文學集團。上述王夢鷗先生之文，收錄於其《唐人小說研究二集》頁五七～七〇。藝文印書館印行。

45 據〈長恨歌傳〉最後一段，作者自云創作時間是在「元和元年冬十二月」。

46 引同注41，頁八一。

47 引見陳鴻撰〈大統紀序〉，收錄於《唐文粹》卷九十五〈序類〉。

48 詳參傅錫壬師所著《牛李黨爭與唐代文學》第三章之三〈編撰小說以攻訐政敵〉，其中〈試探〈李娃傳〉的寫作動機及其時代〉和〈蔣防〈霍小五傳〉的創作動機〉二文，頁一九九～二三二。東大圖書公司，七十三年九月初版。

49 張政烺先生有〈一枝花話〉一文，認爲〈李娃傳〉乃由此增演而來，見《史語所集刊》廿冊下。

50 關於此點張政烺與王夢鷗先生辨之甚詳，詳參上注及王夢鷗著〈讀〈李娃傳〉偶記〉、〈有關〈一枝花話〉的一點補證〉二文，收錄於氏著《傳統文學論衡》，頁二四一～二五九，時報文化公司，七十六年六月初版。

51 自陳寅恪《元白詩箋證稿》中〈元稹豔詩及悼亡詩〉並附錄〈讀〈鶯鶯傳〉〉一文，評爲論證張生卽元稹本人之後，後代論者多以此爲本。

52 相同之記載見於陳振孫《直齋書錄解題》。

53 引見陳寅恪〈韓愈與唐代小說〉。

54 引見劉開榮《唐代小說研究》第二章第一節，頁一八，臺灣商務印書館出版。

55 引見鄭振鐸《插圖本中國文學史》第二十九章，頁三七八。香港商務印書館印行。

56 詳參劉大杰《中國文學發展史》中冊，第十三章，頁二一一～二二二。香港古文書局印行。及葉慶炳《中國文學史》上冊，第二十講，頁三七八。臺灣學生書局，七十二年八月再版。

57 引見陳鴻〈長恨歌傳〉。

58 此論首見王運熙〈試論唐傳奇與古文運動的關係〉，載《文學遺產》，一九五二年，十一月。鄧仕樑〈唐

59 代傳奇的駢文成份〉更引而廣之，是文收錄於《古典文學》第八集。臺灣學生書局七十五年四月初版。

劉禹錫初貶連州刺史，再貶朗州司馬，遂居朗州十年。元和九年得以召還，不久旋即貶播州刺史，改連州，居六年，至長慶元年得量移改授夔州刺史。長慶四年改和州刺史，到大和二年，才重返京師。玆詳參羅聯添先生撰《劉夢得年譜》。

60 關於永貞王叔文黨政變事件，歷來論者多有探究，如呂正惠《元和詩人研究》（東吳博士論文）、張肖梅《張禹錫研究》（臺大碩士論文），及散篇專論不勝枚舉，所以此處不擬贅述。

61 引見《樂府詩集》。

62 引見方瑜撰〈劉夢得的土風樂府與竹枝詞〉，收錄《文學評論》第二期，頁八三。書評書目出版。

63 引見劉禹錫詩〈謫居悼往〉。

64 引見《新唐書・劉禹錫傳》。

65 引見楊蔭瀏《中國古代音樂史稿》第二冊，頁二～三。丹青圖書有限公司。

66 詳參瞿蛻園《劉禹錫集箋證》〈竹枝詞・箋證〉，頁八五五～八五六，上海古籍出版社。

67 引同注64。

68 引見邱燮友〈唐代民間歌謠的結構〉，《中國書目季刊》，第九卷，第三期，頁二三。

69 引見清・王士禎《唐人萬首絕句選》。

70 引見清・沈德潛《說詩晬語》。

71 引見清・沈德潛《唐詩別裁》。

72 引同注62，頁九九。

73 引見宋・魏慶之《詩人玉屑》卷十五。

74 元和十四年時，劉禹錫尙在連州，距其到夔州任官，還要早三年。

75 引見清・毛奇齡《西河文集・詩話二》。

76 引見白居易〈問楊瓊〉詩。

77 詳參宋・王灼《碧雞漫志》卷五。

78 引見清・何琇《樵香小記》卷下。

79 引見孟棨〈本事詩〉。

80 據羅聯添先生《白樂天年譜》，頁三七四所考，白居易當卒於會昌六年（八四六）八月，而此時宣宗尚未登基，〈本事詩〉該是誤載。

81 引見任半塘《敎坊記箋訂・曲名》。

82 引見姜亮夫〈「詞」的原始與形成〉一文所引方成培《香研居詞麈》，收錄於《詞學論薈》，頁三九，五南圖書公司，七十八年七月臺灣初版。

83 引見明・王應麟《困學紀聞》。

84 引見劉師培《國粹學報・論文雜記》。

85 此說見於沈約《宋書・樂志》。另元稹《樂府古題序》分爲「選詞配樂」與「由樂定詞」。郭茂倩《樂府詩集》又分爲「因歌而造聲」和「因聲而作歌」，其實說法是完全一樣的。

86 引同注69。

87 諸如姜亮夫〈詞的原始與形成〉、蕭滌非〈論詞之起源〉等均認來胡夷之樂，是構成詞體興起的重要原因之一。二文之收錄同注82。

88 引見宋・王灼《碧雞漫志》卷一。

89 引見胡適〈詞的起源〉，收錄於《胡適文存》第三集，卷七，頁六四五，星河圖書公司。

90 《敎坊記》中不見〈憶江南〉之曲名，知此調當爲中唐新創。

91 引見《朱子語類》百四十。

92 引見《全唐詩》函十二，冊十，頁一。

第五章　元白文學集團在中唐的社會作用

第一節　元和詩風

對於「元和體」，歷來都有學者作不同意見的討論，儘管意見紛紜，莫衷一是，但是都有一個基本的認同：那就是元和體的產生和元稹、白居易都有密切關聯，並且得到當時相當大的回應和仿效。是以以下乃以此爲基準，對元和詩風作深入的討論。

唐代人李肇說：

> 元和以後，為文筆則學奇詭於韓愈，學苦澀於樊宗師；歌行則學流蕩於張籍；詩章則學矯激於孟郊，學淺切於白居易，學淫靡於元稹，俱名為元和體。❶

就此而言，所謂的元和體似乎是指元和年間的文學現象，包括了文、歌行與詩三種文類的特別文學表現，而不是文體論的觀念。只是這些爲人所習的創作方式，並不是傳統中的文學創作法則，卻也都爲當世所風靡。文章的「奇詭」、「苦澀」；歌行的「流蕩」；詩篇的「矯激」、「淺切」、「淫靡」都在標舉著中唐時，正處於一個舊的文學傳統面臨挑戰，新的文學傳統又亟待建立時的紛亂多變的階段，也正符合了白居易「詩到元和體新變」❷的看法。既然李肇所說的「元和體」，並不含有後人所說文體論的觀念，則元、白之後的唐人，應該也還不至於突然間產生文體論的觀念，至少元和體在唐代還不是一種固定的文體，既不是文體，則究竟爲何呢？

元稹嘗自謂：

> 予始與樂天同校秘書之名，多以詩章相贈答。會予譴掾江陵，樂天猶在翰林，寄余百韻律體及雜體，前後數十軸，是後各佐江通，復相酬寄，巴蜀江楚間洎長安中少年，遞相倣效，競作新詞，自謂為元和詩。❸

在這段話裏透露了幾個訊息：第一，元稹和白居易的贈答相和的詩作，以百韻律體和雜體爲主。第二，後進小生仿效元、白以詩相贈答的方式來寫作，卻自認爲是代表了元和詩壇的主流（並非元、白自稱）。但爲何以百韻律體和雜體作爲唱和，而後人卻要評元、白之詩爲「淫靡」，爲「淺切」呢？這似乎必須先縱觀唐代整個唱和詩的發展和演變，比較容易得答案。

唱和詩的源流，可以推溯到樂歌的唱和，唱和之間的關係在於同一樂調，再另作新詞，唯基本上是二人或二人以上，在同一情境之下的和答。以歌唱的方式唱和，在漢代是有漢魏樂府中「絲竹更相和，執節者歌」的相和歌辭❹，晉宋以後則形成爲盛於文人階層間的唱和詩❺，「由『唱和』原指音樂之配合與應答，可以說明後代的唱和詩，何以特別注重音韻方面的呼應。在音樂中，唱與和絕非分別孤立的兩回事。唱和共鳴，八音克諧，無相奪倫，才能夠完成一次藝術的表現。同樣地，唱和詩中原唱與和詩也不應視爲各自獨立的兩首詩。和詩的作者在落筆之前，心目中已有一首原唱在，他所要作的是爲原唱加上和聲，因此和詩在節拍韻律上務求配合原唱。」❻因此後代唱和詩的發展，就比一般詩作多了一些押韻的限制，但卻也特別容易展現作者的才華。

唱和的風氣發展到南朝的齊、梁，遂盛行於宮廷文人間。唐承六朝之風，唱和之風未衰，《新唐書，虞世南傳》曾記載道：

> 帝（太宗）嘗作宮體詩使賡和。世南曰：「聖作誠工，然體非雅正。上之所好，下必有甚者。臣恐此詩一傳，天下風靡，不敢奉詔。❼

事實上，如此承六朝之風以爲君臣唱和之習，在高宗、中宗時亦相當盛行❽，只是承旨唱和之風既成，則宮中文人爲了誇耀才識，遂在彼此之間存著強烈的競爭意識，而既然有所品評詮次，自然不能不有所設限，作者方能逞才比試高下，「因此梁、陳宮廷中偶行之分韻、賦韻遂大行於初唐。初唐詩人分韻作詩，往往在詩題下注明『得某字』、『探得某字』、『賦韻得某字』、『用某字韻應詔』、『各賦一字得某』，凡此皆同賦諸人，各拈一韻，不相重覆。」❾如此之作，已然和六朝文人重形式的文學現象很類似。再就內容來看，現存《全唐詩》中，初唐的答和之作品多為詠物詩，如唐太宗有〈賦得櫻桃〉、〈賦得李〉、〈賦得浮橋〉、〈賦簾〉等作，風格則直承六朝之風，諸如：

〈賦得櫻桃〉春字韻

華林滿芳景，洛陽偏宜春。
朱顏含遠日，翠色影長津。
喬柯轉嬌鳥，低枝映美人。
昔作園中實，今來席上珍。

又

〈賦得弱柳鳴秋蟬〉

散影玉階柳，含翠隱鳴蟬。

微行藏葉裏，亂響出風前。⑩

可知，這一類的應制唱和作品文學價值並不高，同時也是虞世南所說其「體非雅正」的眞正原因。在衞道者和古文家的心目中，這一類的唱和作品直可謂襲六朝淫靡之風，當然是要加以批判、反對的。

可是此一相和之風，非但未因古文家的反對而消聲匿跡，相反的，卻擴大到一般的文人雅士之間，甚至科場上的同誼之間，座主與門生之間，都流行以詩歌相唱和，《唐摭言》云：

周墀任華州刺史。武宗會昌三年，王起僕射再主文柄，墀以詩寄賀，並序曰：「……墀忝沐深恩，喜陪諸彥，因成七言四韻詩一首，輒敢寄獻，用導下情，兼呈新及第進士。」王起門生一榜二十二人和周墀詩。⑪

明・胡震亨也說：

唐時風習豪奢，如上元山棚，誕節舞馬，賜酺縱觀，萬衆同樂。……朝士詞人有賦，翌日卽流傳京師。當時唱酬之多，詩篇之盛，此亦其一助也。⑫

可理解的是，此唱和之習由宮中君臣發其端，浸染而爲科場文人所用，最後乃擴展到全民，凡文會之所，無不唱和以助興也。

雖然中唐之後文會之風日盛，但是文人兩地相隔，而以詩作爲書信，相互酬唱的，似乎還是始於元、白等人，《唐語林》載其事云：

> 白居易長慶二年以中書舍人為杭州刺史……時吳興守錢徽、吳郡守李穰皆文學士，悉生平舊友，日以詩酒寄興……元稹鎮會稽，參其酬唱，每以筒竹盛詩來往。[13]

其實元、白的隔地唱和，可能更早於此說，至少在元和五年（八一〇）元稹貶江陵之後，就開始隔地酬唱。而《唐語林》所載長慶二年（八二二）的情形，應該是隔地酬唱之風大開之後，所產生的文人行爲。而就元稹自己說和白居易開始二地酬唱時，主要是以「百韻律體及雜體」爲主，百韻律體如元稹作〈夢遊春一百韻〉，白居易和以〈和夢遊春一百韻〉，雜詩則比較沒有固定的方式，含有古體詩和五、七言律絕，但在量的統計上，似乎又以近體詩所佔較多。可以考知的是唱和詩的興起和七律的發展有密切的關連。初唐七律作者自狄仁傑起，就大多是應制的唱和詩，而初作七律的文人如沈佺期、宋之問等人，也都是在宮中大量以七律應制作詩的文人[14]，元、白明白的標舉著以百韻律體作唱和之用，事實上也是在繼承此一唱和傳統再加以拓展。元稹在〈酬樂天東南行一百韻〉一詩的〈序〉裏寫道：

適崔縣州使至，為予致樂天去年十二月二日書，書中寄予百韻至兩韻，凡二十四章，屬李景信校書自忠州訪予，連牀遞飲之間，悲咤使酒，不三兩日盡和。

所言酬和之作係「百韻至兩韻」，也就是在律詩兩韻的基礎之上，再加以擴展舖排。答和之間，也逐漸突破了初唐答和詩的基本架構，而有所謂的次韻、依韻、用韻等方式，如此發展則免不了要特別注重於形式，成爲文人間爭勝鬥奇的方式，白居易就曾反省到此一問題，說：

微之，微之，走與足下，答和之多，從古未有，足下雖少我六七年，然俱已白頭矣，竟不能捨章句，拋筆硯，何癖習如此之甚歟？而又未忘少年時心，每因唱酬，或相侮謔，忽忽自哂，況他人乎？⓯

只是如此以次韻長篇律詩爲主的酬唱之風既成，遂成爲新的創作方式，元稹說：「樂天曾寄予千字律詩數首，予皆次用本韻酬和，後來遂以成風。」⓰而白居易在和元稹詩的〈餘思未盡加爲六韻重寄微之〉詩中，也因此而提出了「詩到元和體新變」的看法，同時在此句之下亦自注云：「衆說元、白爲千字律詩，或號元和體。」至少在元、白的看法之中，以千字律詩爲酬唱之資，可以說是創新於當代的衆多詩體之中。清人趙翼亦謂：

> 大凡才人好名，必創前古所未有，而後可以傳世。古來但有和詩，無和韻；唐人有和韻，尚無次韻；次韻實自元、白始。依次押韻，前後不差，此古所未有也。而且長篇累幅，多至百韻，少亦數十韻，爭能鬥巧，層出不窮，此又古所未有也。以此另成一格，推倒一世，自不能不傳。蓋元、白觀此一體為歷代所無，可從此出奇，自量才力又為之而有餘，故一往一來，彼此角勝，遂以之擅場。微之〈上令狐相公書〉謂：「同門生白居易愛驅駕文字，窮極聲韻，或為千言，或為五百言律詩以相投寄。小生自審不能過之，往往戲排舊韻，別創新詞，名為次韻相酬。蓋欲以難相挑耳。」白與元書亦謂：「敵則氣作，急則計生。以足下來章惟求相困，故老僕報語不覺太誇。」觀此可以見二公才力之大矣。⓱

陳寅恪先生認爲「元和體」可以分成兩類，其一爲「次韻相酬之長篇排律」，其二爲「杯酒光景間之小碎篇章」⓲，第一類當然是唱和之作，然第二類又何嘗不是以酬唱之作爲主。只是這些唱和作品的形式方面，是繼六朝以來宮中應制詩作而發展、變化，承此風而下，元、白的主要酬唱作品，具內容與風格似乎也有部分的詠物作品，和接近於初唐應制詩的範疇，如元稹的〈春六十韻〉、〈月三十韻〉、〈感石榴二十韻〉等，白居易的〈秋蟲〉、〈紅鸚鵡〉等，二人中又以元稹詩的風格更趨近的初唐，如〈賦得雨後花〉寫道：

紅芳憐靜色，深與雨相宜。
餘滴下纖蕊，殘珠墮細枝。
浣花江上思，啼粉鏡中窺。
念此低徊久，風光幸一吹。

又〈與楊十二巨源盧十九經濟同遊大安亭各賦二物合爲五韻探得松石〉寫：

片石與孤松，曾經物外逢。
月臨棲鶴影，雲抱老人峰。
蜀客君當問，秦官我舊封。
積膏當琥珀，新劫長芙蓉。
待補蒼蒼去，摎柯早變龍。

除此之外，元、白二人所唱和的次韻詩，既然已經不是單純文會時文人間的唱和，而是帶有人隔兩地的書信意味，因此，除了傳統的詠物、抒情之外，其詩語的構成便有時而敘事記物，時而大發議論的現象，顯的有點散文化的味道，而不符合傳統中含蓄的詩論。如白居易詩〈代書詩一百韻寄微之〉云：

> 憶在貞元歲，初登典校司。
> 身名同日授，心事一言知。
> 肺腑都無隔，形骸兩不羈。
> 疏狂屬年少，閑散為官卑。
> 分定金蘭契，言通藥石規。
> 交賢方汲汲，友直每偲偲。
> ……

這些作品事實上是元、白在諷諭樂府之外的主要詩作，同時也是元、白對當時影響較大的詩作，因此史書上說：

> 稹聰警絕人，少年有才名，與太原白居易友善，工為詩，善狀詠風態物色，當時言詩者元白焉。自衣冠士子，至閭閻下俚，悉傳諷之，號為元和體。⑲

所謂「善狀詠風態物色」，即是直承詠物詩作而來的技法，既然「自衣冠士子，至閭閻下俚，悉傳諷之。」可知其影響之廣泛。元稹不是也自己說「巴蜀江楚間洎長安少年，遞相倣效，競作新詞，自謂爲元和詩。」後生晚輩效法其作，即以爲可代表元和一代之詩作。如此則所謂的「元和體」，當然不會只有單指元、白所創的新體式而言，還應該包括了他們在唱和之間，所慣用的手法和創作風格才是。

只是，此一詩風雖然廣爲江湖新進小生所仿效，卻得不到同時當代知名文人的響應。韓愈作詩喜險僻，「得韻寬則泛入旁韻，得韻窄的不復旁出，而因以見巧。」⑳而其交遊中如孟郊、張籍等亦不乏知名文人，卻也極少作次韻詩㉑，柳宗元集中次韻詩亦僅二首。隱然元、白所創的元和詩風，與韓、柳等古文運動的倡導者，形成了不同的派別。而韓愈一向是唐代古文運動的大將，在古文運動的系統中，自李諤〈上書請正文體〉開始，就一直在反對六朝的駢儷文體和淫靡詩風，到中唐時臻於興盛，可以說「至中唐古文發展始完成。唐代古文的發展完成，就是它興盛的時代。」㉒在此無意識的對立之下，以爲所著將補國史之不足的李肇稱元、白詩「淫靡」、「淺切」，後人似乎大可不必畫蛇添足的爲他們辯護了。但必須說明的是，上述所論的元和詩風，卻也不是元、白所刻意營創的，其唱和間自喻爲文戰，原屬文人遊戲筆墨之作，卻因爲較接近世俗所尚，又折於二人之詩名，才成爲元和一代的主要詩風，元稹即曾對此發表過他的意見說：

> 而司文考變雅之由，往往歸咎於稹，嘗以為雕蟲小事，不足以自明。㉓

又

江湖間多新進小生，不知天下文有宗主，妄相倣效，而又從而失之，遂至於支離褊淺之詞，皆目為元和詩體。……至於顛倒語言，重複首尾，韻同意等，不異前篇，亦自謂元和詩體。[24]

同樣的，白居易不是也有「時之所重，僕之所輕」，及「知我者以爲詩仙，不知我者以爲詩魔」[25]的感歎嗎？只是此風一開，則傾向世俗化之文學，乃在冥冥之中進入了文人創作的殿堂，並逐漸爲文人所接受和民衆所喜好[26]。

第二節　促成唐傳奇的興起

元、白文學集團世俗化之文學傾向，不僅給平民有機會理解，欣賞文人階層的創作品，卻也拓展了文人階層的創作領域，最爲明顯的成果，就是唐傳奇的興起，並迅速的蔚爲風潮。有關唐傳奇興起的原因並不始於唐人溫卷的風氣，羅聯添先生已綜錄前人之說辨之甚詳[27]，至於唐傳奇與古文運動之間的沒有必然性，前文也稍有疏理，既然唐傳奇興起之因，均無法歸屬於上述舊說，則何者爲其興起之主要因素呢？在文人漸染有世俗化創作傾向之後，有意無意之間由此創立的新的創作範疇，是最有可能的。

如前章〈唐傳奇〉一節所述，六朝接近於小說類的作品是以志怪爲主，縱有些許專談人物的如《世說新語》等，卻也都是筆記、叢談的形式，實在不足以構成小說的形式，初唐承六朝之風，大致也不脫離此一方向，就以初唐的三篇唐傳奇〈古鏡記〉、〈補江總白猿傳〉和〈遊仙窟〉來說，不僅在內容上直襲六朝志怪之風，甚至在寫作手法上也無什差別，如〈古鏡記〉寫王度的奇遇，通篇採敍述之方式，所表現的無非是奇人異事，若以一般人對唐傳奇「詩才、史筆、議論」的要求來看，初唐的這些作品，是不足以入選爲唐傳奇的，可知一般人所論唐傳奇的形式、手法等，大概都不可含概初唐的作品。而眞正使唐傳奇作品的形式多樣化，內容通俗化的應該是在中唐以後。只不過我們必須先承認，初唐的這些唐傳奇作品，不太雜有民間色彩，也並不具有通俗化的效果，因此，作爲中國文學史上文人有意識創作小說之始的唐傳奇，似乎也應該從中唐算起。

同樣是屬於文人的作品，中唐就顯的多樣化、通俗化了一些，事實上，中唐文人也能欣賞屬於民間的里巷歌謠，元白文學集團就有明顯通俗化的傾向。《唐摭言》曾記載白居易和張祜的一段事蹟，說：

> 張處士（祜）憶柘枝詩：「鴛鴦鈿帶抛何處？孔雀羅衫屬阿誰？」白樂天呼為「問頭」，祜矛楯之曰：「鄙薄問頭之誚，所不敢逃；然明公亦有〈目連經〉，〈長恨辭〉云：『上窮碧落下黃泉，兩處茫茫都不見。』此豈不是目連訪母耶？」㉘

張祜所提的〈目連變〉，大概就是我們所知道的〈目連變文〉。若就《唐摭言》所記載，可以得知當時變文已經被一部分文人所欣賞，甚至運用。而變文實際上也就是當時俗講的底本，俗講卻是相當盛行的一種宗教活動，據說：

有文溆僧者，公為聚衆譚說……愚夫冶婦，樂聞其說，聽者填咽，寺舍瞻禮崇拜，呼為和尚教坊。㉙

其爲大衆所接受的情況可得而知。同時段安節的《樂府雜錄》也說：

長慶中，俗講僧文敘，善吟經，其聲宛暢，感動里人。

所謂「俗講僧」也就是講唱變文的和尚，既有吟唱則是以唱導之方式進行，其宣傳之方法既然是講唱，爲配合其進行，則講的部分用散文，唱的部分用韻文㉚，如此韻文、散文夾雜，遂構成了變文的基本形式。

此一特殊形式不但不見於六朝筆記志怪，甚至在唐以前的中國文學史上也看不到，我們必須承認這是一個全新，而又廣爲全民接受的體裁。在文人的創作範疇裏，則以唐傳奇最新採用此形式。雖然我們沒有直接資料可證明二者間的關係，但是就文學創作形式的轉變，俗講在當時的盛行和元、白諸文人文風世俗化的傾向，就已經隱約可以證明二者間的密切關聯。至於其間的關鍵，從唐傳奇演變的軌跡來看，其主動權則操之於文人之手，即因為文人有世俗化的創作傾向，所以才接受了俗講的基本架構，嘗試性的寫作新的體裁，絕非如部分人以為「由於傳奇小說具備有富於感染力的表現手法，俗講所用的自由活潑，韻散相間，接近口語的文體，以及從史傳文學所吸取的議論方式，對於中唐元和體詩所顯示的變化，有了極大影響。」[31]這乃是對於元和體的認知有誤，所產生因果混亂的邏輯謬誤。

事實上，「在中國小說史上，很難理出涇渭分明，而又齊頭並進的文人文學與民間文學兩大系統。」[32]俗講要是沒有經過文人的轉化，也不可能變成唐傳奇，而文人接受了俗講的基本架構，卻不必一定要承襲其宗教性的內容。它仍是在志怪、志人的六朝餘風之下，擴張到純民間的奇人異事，元稹〈酬翰林白學士代書一百韻〉有「光陰聽話移」一句，句下自注說：

> 又嘗於新昌宅說〈一枝花話〉，自寅至巳猶未畢詞也。

元、白的喜愛民間說話可見一般，白行簡則更是依此而改寫成唐傳奇〈李娃傳〉，此一革命性的突破，自然是六朝和初唐所無。只是，文人在採取這樣一個創作方向的同時，潛沈於傳統觀念中的文章意識，也不可能完全拋諸腦後，就作品來看，唐傳奇仍保持有「史傳」與

「詩騷」的二大文人創作傳統，明人淩雲翰云：「昔陳鴻作〈長恨傳〉並〈東城老父傳〉，時人稱其史才，咸推許之。」[33]實際上自司馬遷創立紀傳體，將寫人敍事的藝術手法，帶入歷史散文的寫作之後，此一「史傳」意識就常常是文人創作的重要準則，帶入唐傳奇之中，也更分別了它與一般民間俗講變文的差別。至於「詩騷」，幾乎一直在影響著中國文學的演變，「任何一種文學形式，只要想擠入文學結構的中心，就不能不借鑒『詩騷』的抒情特徵，否則難以得到讀者的承認和讚賞。」[34]〈長恨歌〉以詩情見長，〈會眞詩〉風韻有致，甚至在散文敍述之中，偶爾夾雜些詩詞歌賦，這些有情緻的詩作自然不同於變文中的偈語，所展現的作者才學，更不是變文中宣揚教義所能比擬。大體言之，「史傳」的影響主要在於補正史之闕的寫作目的，及紀傳體以下的敍事手法，「詩騷」的影響在於突出作家的主觀情緒，在敍述中言志抒情。這也正是唐傳奇異於民間文藝的特色。

討論至此，我們發現唐傳奇的興起，並不是因爲某種特定的作用和因素，而是夾雜著當時複雜多變的文學現象和社會變遷的不同因素，但最大的問題也就在於，無法確切的認定何者爲唐傳奇，何者非唐傳奇。若姑且以小說演變的角度來界定，我們似乎可以認爲唐傳奇是以俗講變文爲基本形式架構，寫作上不拘駢散，內容上不限雅俗，在創作意識上，並不是特別爲古文、駢文或詩歌而作，而隱含有嘗試、遊戲的輕鬆意識，和史傳、詩騷的嚴肅觀念。同時游離於紙上文學和說唱藝術之間的文人創作品。

若依此而言，元白文學集團的文學表現，對於唐傳奇在中唐社會的興起，實具有決定性的作用。至於韓愈的〈毛穎傳〉、柳宗元的〈種樹郭橐駝傳〉等，或有論者亦以之歸入唐傳奇之範疇㉟，然細察之，這些作品充滿了史傳意識，全仿《史記》紀傳體的方式，又儘可能的避免駢儷化的行文，該是全屬古文系統的範疇，若據此而說韓、柳亦有傳奇作品，可能過於勉強。

唐傳奇既然是因文人之作而興起，其迅速間即蔚為大國，則是唐代特殊的文化條件所致。就如本文第二章所述，唐代有特殊的文學社會為背景，在社會工商業發達的基本條件之下，豪門之家有多餘的經濟實力來供養文人，也有豐厚的條件來接受文化教育；而文人為求經濟上的充足，也必須應世俗所求，寫一些大衆可以接受的作品，在文人風格的下移，與世俗百姓的上達之間，必有所折衝調和，唐傳奇就是能符合二者需求的新的文學創作品，文人在創作之際，能保有其史傳意識和詩騷傳統，又能展現其才華，百姓則透過俗講而熟悉其形式和部分內容，而「作意好奇」、「盡設幻語」及曲折動人的故事情節，自能為一般百姓所喜好。

除此經濟要素之外，元、白以其在文壇上的崇高地位，直接參與創作，不無推波助瀾之功。當韓愈寫作〈毛穎傳〉之時，即受到張籍等人的非難，可知文人的「作意好奇」、「盡設幻語」並不容易受到同時代人的許可，韓愈在當時自有其不可忽視的文學地位㊱，稍有涉及就被載道者所責難，更何況於後生晚輩，哪裏敢貿然犯此大不諱之忌，元、白等人的創作，無非替文學地位較低的作者，打開一扇新創作之門，就實際的創作量來看，唐傳奇不也是在經歷貞元、元和年間之後，才大量的被文人拿來創作嗎？因此，我們幾乎可以肯定的是，唐傳奇在中唐社會的興起並擴大，文人意識實具有關鍵性的地位，而元白文學集團成員的大量參與嘗試，更是其樞紐之要。

第三節　延續社會詩的傳統

世俗化的創作傾向，展現於元白文學集團的另一面文學成就上，就是善寫民生疾苦的社會詩，此一社會寫實詩作，不但具有其一定的歷史性價值，更是中唐文壇相當重要的一番成就。

論者每當論及元、白新樂府，或社會詩的直接背景時，每每總要上溯到陳子昂、李白等人的復古主張[37]，若仔細觀察，此說似乎並不足以說明當時的文學現象。初唐時的主流作家如沈佺期、宋之問及文章四友等人，幾乎沈浸在六朝卑靡浮艷的餘風之下，陳子昂則是針對此一現象，高舉文學改革之大旗，主張恢復漢魏風古，以圖改變當時文壇虛無淫麗的風氣，他很有名的一篇文學宣言〈與東方左史虬修竹篇序〉說：

> 文章道弊五百年矣。漢魏風骨，晉宋莫傳。然而文獻有可徵者。僕嘗暇時觀齊梁間詩，彩麗競繁，而興寄都絕，每以詠歎，思古人常恐逶迤頹靡，風雅不作，以耿耿也。一昨於解三處見明公〈詠孤桐篇〉，骨氣端翔，音情頓挫，光英朗練，有金石聲。遂用

> 洗心飾視，發揮幽鬱。不圖正始之音，復覩於茲，可使建安作者相視而笑。

從這段文字裏我們可以理解到，陳子昂的意見完全是針對六朝餘習所發，他所主張恢復的「漢魏風骨」，其實也只是就文人作品的風格而言，至於「興寄」的問題，就陳子昂現存的〈感遇〉詩來看，指的是作者個人的理想、抱負，寄託於詩作之中，就類似阮籍〈詠懷〉詩一般，並沒有特別著重於內容的重要性，被他所讚許的〈詠孤桐篇〉，雖已亡佚，但由詩名來看，絕對是一首詠物詩，而他所讚賞的原因卻是「骨氣端翔，音情頓挫，光吳朗練，有金石聲」。如此，不也是在形式上迴旋嗎？雖然陳子昂提出了詩要「言志」的看法，但並不等於提倡要重視詩歌的風雅內容。

至於李白，則李陽冰嘗謂：

> 陳拾遺橫制頹波，天下質文，翕然一變。至今朝詩體，尚有梁、陳宮掖之風。至公大變，掃地併盡。[38]

可知，李白的改革係依陳子昂革新六朝詩風的主張，希望以「清眞」來挽救綺靡之風[39]，仍是屬於詩人自我言志的主張，可說是陳子昂論詩的發揚。儘管李白仍有〈戰城南〉等接近於社會詩的作品，但問題是李白並不以此爲創作重心，也沒有明顯的詩論主張，而當時對李白詩的評判也多不在此。所以，我們不可以在詩人的衆多作品中，找到極少部分符合自我主觀意識判斷的詩，就說成影響後代詩作，或爲後代詩作溯源至此的推論。充其量我們只能認爲經過陳子昂、李白諸人的努力，使得其他作家擺落了六朝詩的惡習，得有力心往其他方面發展，卻不能過分推論。

若就唐詩發展的狀況來看，初唐承六朝之風，到盛唐時才建立的唐音之規模，可是社會詩卻還不是盛唐的主要作品，主流作家也還沒有寫作社會詩的共識，必須要等到安史之亂以後，才有眞正以社會詩爲創作職志的作家，和大量作品。「從文學發展的立場看，安史之亂以後文學生命還繼續成長的盛唐詩人，可能只有王維和杜甫。」[40]只是在對亂後詩壇極具有影響力的作家，卻是王維而不是杜甫。呂正惠先生曾經在《元和文人研究》中，依據《河嶽英靈集》和《中興間氣集》的未選杜甫詩，以及大曆十才子、韋應物諸人詩風的偏向王維一系，且又不如盛唐詩，下結語道：「依此而論，唐詩從開元、天寶降而至於至德、大曆間的錢、劉等人，再降而至於大曆、貞元間的盧綸、李益等人，似乎一代不如一代。因此可以看出，唐詩在貞元末期，已經到了振衰起敝，不得不變的關頭。」[41]此一論說，大致不誤。事實上，杜甫之詩名並不享於盛唐，而杜甫的主要文學生命也在安史亂後，尤其是他重要的社會寫實詩，大多成於戰亂前後，因此，若是說時代的戰亂，可以影響作者寫作的方向，則社會寫實詩在唐代，應該是受到安史之亂對文人的振盪，才勃興的新創作方向。而盛唐追摹漢魏風骨的理想，也不再是詩人的主要訴求。

杜甫在安史戰亂所寫的社會寫實詩，雖然在盛唐之末，中唐之初打開了另一番創作園地，可是並不受當世人的矚目，眞正能承襲此一傳統，發揚並別創格局的，實則有待元、白諸人。元稹就曾直接說明了他們創作社會詩的動機之一，是直接取法於杜甫：

近代惟詩人杜甫〈悲陳陶〉、〈哀江頭〉、〈兵車〉、〈麗人〉等，凡所歌行，率皆卽是名篇，無復依傍。予少時與友人樂天、李公垂輩，謂是為當，遂不復擬賦古題。㊷

這一段話裏面，有兩個觀念必須要提出來討論，第一、杜甫創作的歌行體和樂府詩的關係。第二，樂府系統的創作內容和「即事名篇」的差異性。關於第一個問題明代徐師曾解釋「歌行」之名說：

按樂府命題，命稱不一，蓋自琴曲以外，其放情長言，雜而無方者曰歌；步驟馳騁，疏而不滯者曰行，兼之曰歌行。㊸

同樣的，詞家姜白石在〈詩說〉中，也是依其音樂性作解釋，說道：

守法度曰詩，載始末曰引，體如行書曰行，放情曰歌，兼之曰歌行。

由二人之論說，我們可以知道「歌行」基本上是古樂府系統的一支。到唐代時因為音樂條件的改變，使得歌行體脫離了古樂府的系統，成為文人創作的體裁之一，而歌行體的創作技法卻也不同於盛唐所流行的近體詩，近體詩的格律之法，並不合用於歌行體之中，甚至還有故意避免格律之法的現象。唐人創作歌行還是儘量保持著古樂府的傳統。如此，則他們所賴以維繫此一傳統的方法，主要是靠「歌」的本質和風格了。因此，樂府詩原來屬音樂文字，其歌詞的主要特質如語言淺近流暢、句型參差不齊、不斷換韻、習尚鋪陳等，也就變成文人歌行體的主要特徵。而杜甫之作如〈哀江頭〉、〈兵車行〉等，大致上也承襲了此一原則，只是在這些作品的風格上，則又頗與古詩體類似，前人曾有對於樂府和古詩之所以不同的一些看法，如：

> 樂府歌行貴抑揚頓挫，古詩則優柔和平，循守法度，其體自不同也。（徐師曾《文體明辨》）
>
> 樂府主紀功，古詩主言情，亦微有別，且樂府間雜以三言、四言以至九言，不專五、七言也。（張篤慶語，見《師友詩傳錄》）
>
> 樂府之異於詩者，往往敘事。詩貴溫裕純雅，樂府貴遒深勁絕，又其不同也。（張實居語，見同上條）
>
> 古詩貴渾厚，樂府尚鋪張。（施補華《峴傭說詩》）㊹

當然我們不可能據此，就說杜甫那些作品是古詩，那些作品是樂府歌行，但由其風格逐漸混雜的現象來看，杜甫創作樂府歌行，已不是單純以樂府之名就可範圍的，除基本體製外，又雜入了作者主觀的創作意識和手法。亦即杜甫歌行和古樂府的關係，除了一些音樂性的特徵外，主要是在創作精神上的承襲。

既然杜甫歌行主要是在精神上的承襲古樂府，在寫作體式上，自不亦步亦趨，而表現在作品上和古樂府的差異，就在於充滿強烈作者主觀意識的「即事名篇」。這也就是前述第二個問題的重心。唐代的音樂環境已不同於漢魏之際，文人若是依照著古樂府以篇名爲內容之依據的方法，自不可能延續其生命；所以，以作者意識爲重心的「即事名篇」之作，可以說開闢並延續了古樂府在唐代的生命力，雖然有一些架構上的改變，但其創作內容則沿襲了古樂府社會寫實的精神。據史書說：

> （漢）自孝武立樂府而采歌謠，於是有代、趙之謳，秦、楚之風，皆感於哀樂，緣事而發，亦可以觀風俗知薄厚云。[45]

「感於哀樂」因爲音樂環境的改變，已有本質上的變化，「緣事而發」則成爲文人創作的精神所承。縱觀杜甫的樂府歌行，幾乎篇篇都是以此爲原則，當然緣事而發的目的，原在於「觀風俗知薄厚」，只是被詩人有意識的繼承之下，遂縮小範疇而成爲專寫民生疾苦的創作原則。杜甫在社會詩的寫作上雖然不遺餘力，但卻沒有提出理論，元、白在繼承杜詩「即事名篇，無復依傍」的精神之餘，乃更將其理論依據超越漢魏以達《詩經》之時，元稹認爲：

> 按仲尼學〈文王操〉、伯牙作〈流波〉、〈水仙〉等操，齊犢沐作〈雉朝飛〉、衛女作〈思歸引〉，則不於漢魏而後始，亦以明矣。況自〈風〉、〈雅〉，至於樂流，莫非諷興當時之事，以貽後代之人。沿襲古題，唱和重複，於文或有短長，於義咸為贅賸。尚不如寓意古題，刺美見事，猶有詩人引古以諷之義焉。[46]

如此一來「即事名篇」的文人樂府作品，遂在「緣事而發」的基本精神上，建立起以「刺美見事」爲內容依據的創作模式，這樣的社會寫實詩的內容，和漢魏樂府的內容是有一些差距的。所以《樂府詩集》乃稱此爲新樂府，云：

> 新樂府者，皆唐世之新歌也，以其辭實樂府，而未嘗被於新聲，故曰新樂府也。[47]

所謂「其辭實樂府」指的是作品的思想內容繼承了古樂府民間歌辭，專門描寫民生社會的寫實作品。對於這樣的新樂府《唐音癸籤》說：

> 別創時事新題，杜甫始之，元白繼之。杜如〈哀王孫〉、〈哀江頭〉、〈兵車〉、〈麗人〉等；白如〈七德舞〉、〈海漫漫〉、〈華原磬〉、〈上陽白髮人〉等；元如〈田家〉、〈捉捕〉、〈紫躑躅〉、〈山枇杷〉諸作，各自命篇名，以寓其諷刺之旨。於朝政民風多所關切，言不為罪，而聞者可以戒。㊽

如此明白標示著以社會寫實爲創作宗旨，不僅將杜甫的新創作領域加以開展，更是在六朝重文學技巧之風形成以來，豎起了延續社會寫實詩的生命之大旗。

除此之外，元、白的社會寫實詩，還有一點相當值得注意的問題，那就是內容取材不拘雅俗，漢樂府的民間歌辭，本來就是採擇自民間的里巷歌謠再加以潤色，所以極具通俗性，而元、白在理論上更上溯到《詩經》時代，自然《詩經》內容的含蓋層面，也就成爲元、白取法的對象。對於原屬上階層生活的描寫，除了諷諭性之外，本來就被文人大量的取材；至於對民間生活動態的描述，則是繼杜甫之後的主要創作來源，只是杜甫生前並未能享盛名，所以他通俗化的表現，並沒有在同時代引起太大的影響，倒是元、白在中唐的詩壇上，隱然有盟主的意味，其承杜詩而來的世俗化取材，對同世之文壇不可能沒有影響力。當然元、白寫新樂府詩有他們預設政教合一的目的㊾，其新樂府也得不到當權者的支持；但是，既然〈秦中吟〉都能被廣爲流唱，則其社會詩也可能受一般大衆的喜好，通俗化的取材既然能夠受到肯定和支持，無疑是在通告同時代的作家，通俗性社會詩的可行性。因此，若檢索《全唐詩》我們將發現，杜甫之後的詩人，其作品都多少帶有一點社會性，而元、白之後的社會詩則是具有通俗化取材的傾向。如此，我們勢須肯定元、白社會寫實詩，不但承襲了社會詩的寫作傳統，更以其文壇上的崇高地位，帶領當代詩人走向社會寫實的傳統，而其不拘雅俗的魄力，也使得詩人開始將注意力，大量的轉移到世俗之間，以形成新的文學觀念和傳統。

第四節　文學運動的推行

在一個文學價值被社會公衆認同的情況下，透過文學可以達成各種不同的目的，文學除了是一種作者心靈的表現、社會寫實的描寫之外，也可成爲了達成目的的手段之一，唐代，尤其是在中唐以後，幾乎就形成這樣的社會架構。爲了藉由文學之管道，以達成理想中的目標，勢需有一連串的文學活動和計畫，這就形成了中唐文學運動的發展，當然文學運動一詞本是民國以後興起於社會運動的衍生，中唐時可能沒有如今日對文學運動一詞的概念一般，過程也沒有今日所認定的嚴密，但是在暫時沒有更恰當的名詞出現之時，乃沿用前人的習慣，對於這在一定時期內，一連串有意識的，延續性的文學相關性的活動，稱之爲文學運動。

中唐之世最爲人稱道的文學運動，分別是韓愈所倡導的古文運動和元、白力行的新樂府運動。前者非本文所及，姑且不論，後者則最早原是小團體的文學活動，說是小團體主要是因爲這次的文學運動發起係只有李紳、元稹、白居易三人，在偶然的機緣裏所提出一個新的創作模式，以新樂府爲創作形式，是在同儕之間寫作競勝的情況之下發展出來的。至於何以選擇這樣的內容，白居易曾說道：

> 自登朝來，年齒漸長，閱事漸多，每與人言，多詢時務；每讀史書，多求道理，始知文章合為時而著，詩歌合為事而作。是時，皇帝初卽位，宰府有正人，屢降璽書，訪人急病。僕當此日，擢在翰林，身是諫官，手請諫紙，啓奏之外，有可以救濟人病，裨補時闕，而難於指言者，輒詠歌之。欲稍稍遞進聞於上，上以廣宸聽，副憂勤；次以酬恩獎，塞言責；下以復吾平生之志。[50]

可知，此一文學運動的本質和政治環境是密不可分的。而安史亂後的政治環境，已不同於盛唐之世。按唐代政治組織的核心在於中書、門下、尚書三省，中書是擬法的機構，和皇帝也最爲親近，門下省雖然對於中書省所擬的法令有封駁權，但也只能促其重新考慮，很困難改變皇帝原有的政見，唐太宗能包容不同的意見，是屬於皇帝個人的特質，並非制度環境使然，高宗以後，中書令的地位更加提高[51]，無形中也增強了皇帝對於宰相會議的控制能力。如此，則所有高階層的官吏都要對皇帝負責，形成了政治的良窳，天下的治亂幾乎都繫於皇帝一身的現象。然安史亂起，天下的集權和統一都被打破了。藩鎭形成半獨立的狀態，史書上說：

大盜既滅，而武夫戰卒以功起行陣，列為侯王者，皆除節度使。由是方鎮相望於內地，大者連州十餘，小者獨兼三四。故兵驕則逐帥，帥彊則叛上，或父死子握其兵而不肯代，或取捨由於士卒，往往自擇將吏號為留守以邀命於朝，天子顧力不能制，則忍恥含垢因而撫之。52

如此藩鎮遍佈各地，軍人掌握國家大半的天下。非中央政府所能節制。就其內廷而言，自從宦臣李輔國從太子到靈武，再勸其即位（肅宗）之後，宦官即活躍於政治舞臺之中，肅宗擢李輔國爲太子家令判元帥府行軍司馬事，凡一切奏事及御前符印軍號均委任之。甚至肅宗崩殂，還殺張皇后以立代宗；此外在至德三年（七五八），九節度使討安慶緒於相州，竟不立統帥而以宦官魚朝恩爲觀軍容宣慰處置使，居於九節度使之上，後以功累加左監門衞大將軍，使得宦官干預軍事，在內政之外更享有了軍事權。在唐代初年，政治的重心在於百官大臣，宰相大臣是很受皇帝尊重的，宦官只不過是在閤門守禦，黃衣廩食而已，玄宗時雖然寵信宦官高力士，倒也還不至於專權拔扈，直到安史亂後，宦官不僅專權干預朝政，亦且掌握軍權，向來主持國家大事的宰相朝臣，反而位居於宦官之下。苟且無節的文官仰宦官之鼻息，或與其勾結，有理想氣節的文官，則如王叔文黨人一般，盡遭貶斥。

處於上述政治環境變動之下的文人，進入中央文官體系之後，是很難發揮其理想抱負的。況且要尋求政治上的改革，並非輕而易舉，因爲任何一種新政策的推行和新人事的更替，必然都會影響到部分人的權益。純粹政治上的行爲，可能都會過分敏感，極亦遭受排斥。而能掌一時之權者如王伾、王叔文諸人，猶未能成改革之功，遑論初入政壇空有一番理想抱負之文人。

元、白的新樂府運動就是在這樣一個蛻變中的政治環境下開展。恰巧的是元、白在當時都是任諫官之職，而拾遺之責在於「供奉諷諫」，監察之任在於「糾正百官之罪惡」53，這些職責和〈毛詩序〉所說：「上以風化下，下以風刺上，主文而譎諫，言之者無罪，聞之者足以戒。」的詩人之職是相通的。元、白在未任諫官之時即有詩名，以詩人之名而自許，難怪會選擇樂府系統的形式，上達《詩經》之目標。

嚴格說來，元、白的新樂府運動並不是全爲政治目的而發展的，他們因爲寫作競勝、政治背景而使得文學意識趨於相近，所以才建立起新樂府詩的創作模式。有明白的目標、理論依據和實驗作品，似乎在這段期間裏「文政合一」的理想，成爲他們主要的創作理念，這已不是純粹的文學目的或政治目的，而是試圖融會二者，以便承襲社會詩的精神，進而創造新的文學傳統。

但問題是此一文學運動，除了作品和理論的呈現之外，並沒有推行的步驟和方法，所憑藉的唯一資源就是元、白各人的地位及影響力。在政場上面，元、白都只是初步入政壇的後生晚輩，自然不可能有太大的影響力，加以社會詩的寫作內容，在當權者眼中又過於敏感，所以無法得到統治階層的支持。

只是，日後元、白在官場上也都有進展，尤其元稹更曾擔任宰相之職，已有足夠的政治條件，使人引領而效法樂府之作，元稹〈樂府古題序〉說：

> 昨梁州見進士劉猛、李餘各賦古樂府詩數十首，其中一二十章，咸有新意，予因選而和之。……劉、李二子方將極意於斯文，因為粗明古今歌詩同異之音焉。

劉猛、李餘就是明顯受其影響，意欲創作同類詩歌的明顯例子。可是元、白政治生命的高峰卻也都相當短暫，因此也馬上就式微，較不具政治效果。

事實上，新樂府運動無法得到當代的迴響，和唐代的文風是有關係的。元、白在當時都是極具盛名的文人，其詩得到百姓大衆的歡迎，元稹自述流傳之盛說：

> 二十年間，禁省、觀寺、郵候牆壁之上無不書，王公妾婦、牛童馬走之口無不道。至於繕寫模勒，衒賣於市井，或持之以交酒茗者處處皆是。（揚、越間多作書模勒樂天及予雜詩，賣於市肆也。）其甚者，有至於盜竊名姓，苟求自售，雜亂間廁，無可奈何！予於平水市中，見村校諸重競習詩，召而問之，皆對曰：「先生教我樂天、微之詩。」固亦不知予之為微之也。又雞林賈人求市頗切，自云：本國宰相每以百金換一篇。其甚偽者，宰相輒能辨別之。自篇章以來，未有如是流傳之廣者。[54]

既然元、白詩無論在口語傳播或文字傳播都能廣爲流傳，何以元、白自認爲最重要的諷諭樂府，卻無法得到明顯的響應和支持呢？元稹憶及當時之情形說：

予始與樂天同校祕書之名，多以詩章相贈答。……巴蜀江楚間洎長安中少年，遞相倣效，競作新詞，自謂為元和詩。而樂天〈秦中吟〉、〈賀雨〉諷諭等篇，時人罕能知者。55

其唱和詩的廣爲人仿效，及諷諭詩的罕爲人所知形成了極爲強烈的對比。唱和詩的風格已如本章第一節所述，其風格和諷諭詩的重視內容，幾乎是相互對立的，既然士子百姓遞相效其唱和詩以成一代之風氣，則未大量仿作其諷諭詩作，就比較容易理解了。

而在元、白的衆多作品之中，縱使有人能注意到諷諭樂府，卻也不在於它的內容的規諫性，白居易說：

及再來長安，又聞有軍使高霞寓者，欲娉倡妓。妓大誇曰：「我誦得白學士〈長恨歌〉，豈同他妓哉？」由是價增。……又昨過漢南日，適遇主人集衆娛樂他賓，諸妓見僕來，指而相顧曰：「此是〈秦中吟〉、〈長恨歌〉主耳。……此誠雕蟲之戲，不足為多，然今俗所重，正在此耳。56

由此可知，世俗之看待元、白詩，主要還在在它可「誦」的音樂效果，以此作爲娛樂之用。而歌行體的特色，本就在於形式靈活自由，風格通俗酣暢，配合以新樂府詩的語言淺近、不斷換韻、習尚鋪陳等特殊性，二者之融合，使得元、白的新樂府詩作也極具表演效果。因此而忽略了他原意所要強調內容的諷諫性質，對於此點皮日休嘗有精闢之論，他說：

> 元、白之心本乎立教，乃寓意於樂府雍容宛轉之詞，謂之諷諭，謂之閒適。既持是取大名，時士翕然從之，師其詞，失其旨。凡言之浮靡艷麗者，謂之元、白體。二子規規攘臂解辯，而習俗旣深，牢不可破，非二子之心也。57

這同時也在說明著，元、白新樂府運動在貞元、元和之世，主要目標是失敗的。而實際上元、白的後期創作生涯裏，也比較看不到怎麼尖銳的諷諭詩了。元、白未能善用其文壇崇高之地位，策略性的推展其理念，或許也是新樂府運動失敗的因素之一吧！

綜觀本章所述，元白文學集團在中唐是極具份量和影響力的文學團體，以元稹、白居易在文壇上的地位，促使文人擴大文學創作題材，不拘限於雅俗之分，也使得士子百姓提高文學素養，但卻也成爲淫靡詩風的代表。張爲《詩人主客圖》尊白居易爲「廣大敎化主」，而元稹則在白居易之下爲「入室」，也可以說明元白文學集團文學作品的豐富，及其影響力之廣大。此集團在中唐文壇所發生的迴響，同時也是在中唐社會所發生的作用。可知，元白文學集團實在是中唐社會中扮演引導時代文風的重要角色。

附註

❶ 引見李肇《國史補》。

❷ 引見白居易〈餘思未盡加爲六韻重寄微之〉。

❸ 引見元稹〈白氏長慶集序〉。

❹ 參見廖蔚卿撰〈建安樂府詩溯源〉，《幼獅學誌》第七卷，第一期。

❺ 有關唱和詩的源流和演變等問題，詳參姚垚撰〈唐代唱和詩的源流和發展〉，《書目季刊》第十五卷，第一期。

❻ 引同上注，頁三七—三八。

❼ 同樣的內容亦見載於《貞觀政要》卷三、《大唐新語》卷三、《唐會要》卷六十五。

❽ 中宗嘗於景龍中置修文館學士，盛引詞學之臣以侍從讌游。嘗在景龍三年作〈九月九日幸臨渭亭登高詩〉，在詩序中云：「人題四題，同賦五言，其最後成，罰之引滿。」《唐詩紀事》則說：「是宴也，韋安石、蘇瓌詩先成。于經野、盧懷慎最後成，罰酒。」如此之例甚多，可見當時君臣唱和之情形。

❾ 引同注❺，頁四六。

❿ 上引二詩皆見於《全唐詩》卷一。

⓫ 引見《唐摭言》卷三。

⓬ 引見明・胡震亨《唐音癸籤》卷二十七。

⓭ 引見《唐語林》卷二。

⓮ 據統計沈佺期現存七律十六首，其中有十二首是應制之作；宋之問四首七律之中，也有兩首是唱和之作。關於唱和詩和七律之間的關係，可參注❺所引之文，及葉嘉瑩撰〈論杜甫七律的演進及其承先啓後之成就〉一

文，收於《迦陵談詩》，三民書局。

⑮ 引見白居易〈《因繼集》重序〉。

⑯ 引見元稹〈酬樂天餘思不盡加爲六韻〉一詩中「次韻千言曾報達」句下之小注。

⑰ 引見清·趙翼《甌北詩話》卷四。另外自宋代以下如張表臣《珊瑚鉤詩話》、嚴羽《滄浪詩話》、王應麟《困學紀聞》等亦多採此說。

⑱ 參見陳寅恪〈元白詩箋證稿〉。

⑲ 引見《舊唐書·元稹傳》。

⑳ 引見宋·歐陽修《六一詩話》。

㉑ 據宋·洪邁《餘師錄》卷四〈楚東酬唱集序〉，可知韓詩三百七十一首中，唯〈陸渾山火〉一篇曰次韻，可知其不喜作次韻詩。

㉒ 引見羅聯添撰〈唐宋古文的發展與演變〉，《唐代文學論集》上册，頁一三八。臺灣學生書局印行。

㉓ 引見元稹〈上令狐相公詩啓〉。

㉔ 引同上注。

㉕ 俱引見白居易〈與元九書〉。

㉖ 依據對於中唐文風的觀察，我們發現以元、白爲首的文人集團，似乎和以韓愈爲首的文人集團，形成世俗化和文雅化的不同傾向，而元、白集團所影響的是中、下層民間文學的發展，韓愈集團的影響，則是在傳統文人雅士的文論和詩論。只是韓愈集團非本文所論，所以姑且存疑而不論。

㉗ 可詳參羅聯添先生〈唐代文學史兩個問題探討·一、唐人傳奇與温卷〉，收於氏著《唐代文學論集》下册，頁二五三—二六二。臺灣學生書局七十八年初版。

㉘ 引見宋·王定保《唐摭言》卷十三〈矛盾〉條。另《太平廣記》卷二百五十一，則同載此事云：「……『祜亦嘗記得舍人〈目連變〉。』白曰：『何也？』曰：『「上窮碧落下黃泉，兩處茫茫皆不見。」非〈目連變〉

何邪？』」。此外〈本事詩〉亦有見載。

㉙ 引見唐・趙璘《因話錄》卷四。

㉚ 有關唐代俗講的形式問題，可詳參孫楷第〈唐代俗講軌範與基本之體裁〉，收錄於羅聯添編《中國文學史論文選集》續編，唐五代部分，頁四三九—四九二。臺灣學生書局七十四年初版。

㉛ 引見俞炳禮《白居易詩研究》，頁三四五，七十七年師大博士論文。此書第七章第三節〈元和體與中唐文壇之關係〉，對於元和體和新樂府、傳奇小說及變文間的關係，幾乎全採此說之方式論證。

㉜ 引見陳平原《中國小說敍事模式的轉變》，頁二二八。久大文化公司出版。

㉝ 引見《剪燈新話・序》。

㉞ 引見同注㉜，頁二二七。

㉟ 葉慶炳先生《中國文學史》第二十講〈唐代傳奇與變文〉，言古文運動和唐傳奇的相互密切關係，曾謂「韓愈之〈圬者王承福傳〉、〈毛穎傳〉，柳宗元之〈梓人傳〉、〈種樹郭橐駝傳〉，均爲近似小說之傳記雜文，由此可見小說家與古文家間必互有影響。」

㊱ 有關韓、柳及元、白在中唐文壇地位的問題，陳寅恪嘗認爲「元和一代文章正宗，應推元白而非韓柳」，羅聯添先生則在〈唐代文學史兩個問題探討．元和時代文章宗主〉一文反對此論，認爲「唐元和時代文壇上領導人物應推韓愈，而詩壇領導人物當稱元白。」綜其說，姑不論盟主之事，元、白、韓、柳在中唐之時不管詩或文，想都必有其不可忽視之地位。

㊲ 如廖美雲著《元白新樂府研究》第二章第一節談新樂府興起的文學背景，即專談陳子昂和李白的復古論調。臺灣學生書局七十八年初版。

㊳ 引見李陽冰〈草堂集序〉。

㊴ 李白〈古風〉第一首云：「大雅久不作，吾衰竟誰陳？……自從建安來，綺麗不足珍。聖代復元古，垂衣貴清眞。……」

㊵ 引見呂正惠《元和詩人研究》第二章〈元和詩之時代背景〉，頁二〇，東吳博士論文。

㊶ 詳參同上注，頁二〇—二七。

㊷ 引見元稹〈樂府古題序〉。

㊸ 引見明・徐師曾《文體明辨》。

㊹ 上列所引錄自褚斌杰《中國古代文體學》第四章〈樂府詩〉，臺灣學生書局。

㊺ 引見《漢書・藝文志》。

㊻ 引見同注㊷。

㊼ 引見《樂府詩集》卷九十。

㊽ 引見明・胡震亨《唐音癸籤》卷十五。

㊾ 白居易的諷諭詩共一百七十二首，約作於元和六年四月以前，元稹共一百五十七首，元和五年三月到元和九年約佔一半，而這段期間元、白均初步入政壇，而且多擔任諫官之職，其創作諷諭詩，自有相當高的政治意義。有關此論，可詳參呂正惠〈元、白諷諭詩的理論與創作態度〉，收於《中國古典文學批評論集》，幼獅文化事業公司，七十四年初版。

㊿ 引見白居易〈與元九書〉。

51 宋・洪邁《容齋三筆》卷十二云：「中書省本身對詔敕原可有意見，中書舍人各執所見，雜書其名，所謂五花判事者是。詔敕既成，須交宰相會議商討，此即劉禕之所云『不經鳳閣鸞臺，何謂之敕』，然最後駁覆之權在門下省，故政事堂設於門下省爲便。高宗以後，爲宰相者必加同中書門下三品之銜，三省長官，惟中書令則否，則中書令之權已較兩省長官爲高。迨裴炎既徙政事堂於中書，兩省長官更難抗衡。」開元十一年，張說列吏、樞機、兵、戶、刑禮五房於政事堂後，則無異在政事堂之下設立專責之屬僚，中書令之職權乃更見提高。

52 引見《新唐書・兵志》。

53 皆引見《新唐書・百官志》。

54 引見元稹〈白氏長慶集序〉。

55 引同上注。

56 引見白居易〈與元九書〉。

57 引見《全唐文》卷七百九十七。

第六章 結語

第一節 元白文學集團的成型與作用

元白文學集團既然還不是一個固定的正式性團體，團體對於成員的約束力和影響力，必然減低了許多，也使得該集團的組織力大爲降低，其集團控制始終維持在原始的友誼和文學意識的認同，所以一直無法以一個固定的常模和社會接觸，處於隨時可能會發生變動的狀態。但貞元、元和之世正處於大曆詩人無力承接盛唐之音，及安史戰亂使文人迭遭時代動盪之痛的時代，以文學價值普爲社會認同的唐代文學社會，文學意識或風格能得到大衆的肯定和讚賞，其實也就是最強而有力的集團控制力。因爲，要是參與了一個普爲世人所認同的文人群體，無異於自己的作品也能受到世人的肯定，作品受到世人的肯定，則能提升自我的社會地位，還可能以此而換得更多的利益。就實際狀況而言，在一個變遷的社會裡，社會大衆對於角色的認定和價值的期待，常常缺乏一致的共視（consensus）[1]，盛唐之音已不再是中唐人品評文學作品的唯一標準，以前只對詩、文作欣賞品評的過程，也已無法滿足中唐人的需求，在聽俗講、說話，觀看唐傳奇的過程中，自己也就如同參與其中一般，其曲折的故事情節、通俗的材料選擇，都逐漸的吸引百姓的注目，同時也在改變他們的價值觀和期待標準，而文人在創作之時，也因時代因素的影響，而可能會有參考群體（reference group）的選擇❷，除非其作品有特殊意義，否則世俗所崇尚之文風及作品，通常也勢必引起一般作者的效尤。

元、白的倡導新樂府文學，或許還沒有辦法得到同時代人的完全肯定，只能吸引少部份的人參與，但其後元和詩風的蔚爲風潮、改創民歌的爲人稱道。都在說明了元白文學集團靠著主要人物的創作品，已成爲普遍被同時代人肯定、接受的文學集團，這些作品所引領的一串連相近的手法和意識，同時也是該集團最大的集團控制力，也因此使得該集團的型態，成爲當時世俗化文風的代表。

人類是經由社會化逐漸學得社會所贊許的行爲，以及價值觀點。另一方面，人對社會亦常有模塑作用，創造或改變社會文化及各種制度❸。同理，社會文化和個別集團之間的影響也是互相的，若是沒有唐代特殊的文學社會，就很難有元白文學集團的產生，元白文學集團可以說是在唐人肯定文學，贊同文學的社會意識之下營運而生；而集團內的人際互動，基本上也是遵守著當時的社會文化模式。而集團所表現出來的文學成果，卻也在沒有統一價值觀的文學背景之下，開闢了新的文學道路。

《舊唐書・元稹、白居易傳・贊》說：

文章新體，建安、永明。沈、謝既往，元、白挺生。但留金石，長有莖英。不習孫吳，馬知用兵？

建安、永明都是改造一時文風的關鍵時代，史書以此比之於元和之世，也就在說明中唐正居於時代文風改變之樞紐，而元、白卻也是改創文風的代表性人物。盛唐之音至此已無力再作大發展，已到了不得不變的地步。當然安史戰亂所引起的社會動盪，是社會環境改變文學環境及詩人創作意識的主要原因之一，但是詩人面對此一環境突變以產生其行爲的改變時，主要還是在於他的「主動思索與反省，以詮釋外界刺激及情境之意義，然後產生反應的行爲。」❹當元、白以詩相酬唱時，創作的過程即充滿了作者的思索和反省，若是缺乏他們的主動思考，試問光憑社會環境的改變，如何改造一時代之文風呢？白居易曾在詩序中明確的表達出他們對於作詩的反省和思考，他說：

> 頃者在科試間，常與足下同筆硯，每下筆時，輒相顧共患，其意太切而理太周。故理太周則辭繁，意太切則言激，然與足下為文，所長在於此，所病亦在於此。❺

可知白居易的平易詩風，元稹制策的與古爲體，劉禹錫民歌的樸實動人，作者的主動反省及思考，或許才是主要的動力來源。依此而推論，元白文學集團在唐代的主要作用，就是以成員文學互動爲基礎，促使成員的主動反省和思考，以創造出世俗化傾向的文學作品，並進而改造一代之文風，開闢新的文學道路和創作領域。而此一作用得到當時一般群衆的歡迎與支持，使得在混亂的文學現象中，逐漸的融聚大衆的價值取向，這當然不是說元白文學集團就能整合當時的文學認同，而是認爲在文學一統的觀念被打破之後，該集團在重建文學秩序上的努力，也是功不可沒的。

第二節　對幾個文學史問題的重估

透過前面對於元白文學集團的研究，我們發現文學史上的一些問題，如唐傳奇的興起與擴大，唐傳奇與古文運動的關係，詞的起源等，可能都不是如一般文學史書籍上所說的那麼單純，本文即試著提供一些再思考的線索和角度，以下則希望透過本文研究之後，提出一些文學史觀念上的問題，以爲對現行文學史的再審視：

1.詩體觀念的形成：

古人用文體一詞，其所指甚爲廣泛，即以《文心雕龍》而言，「或指文章的製作類別，或指文學的作風流派，甚或作品之體要、體裁、體用，其構成作品的一切要素及作品所表現的諸般風貌，無不以體名之。」❻而在詩的範疇裡，對於「詩體」的概念，可能就比較偏重於個人詩風的形成，即以《詩品》而言，所討論的大概是以作者個人風格爲主，再以其風格溯源以歸之於某家某派，這樣的做法是以後人的後設角度，來評判前人的作品，再加以歸類，於是就形成了以作家個人風格展現爲主的詩體，這些詩體並非作者有意識，故意去塑造出來的風格，卻因爲作品所展現出來的風格，能代表作者的獨特，遂被後人以其名而爲詩體之稱，以陶淵明爲例，鍾嶸對他的評判是：

> 其源出於應璩，又協左思風力。文體省淨，殆無長語。篤意真古，辭興婉愜。每觀其文，想其人德。世歎其質直。至如「懽言醉春酒」「日暮天無雲」，風華清靡；豈直為田家語邪？古今隱逸詩人之宗也。❼

而「古今隱逸詩人之宗」的評語，似乎也能夠得到後代多數人的贊同，是以陶潛之詩作也就和隱逸詩風幾乎畫上了等號，陶潛的創作模式就形成了所謂的「陶潛體」，後人也以此爲效法之資。

而「陶潛體」在中唐之世，即曾被白居易仿效，當元和八年，白居易因母喪暫時離開政治圈，退居下邽縣渭村時，即作有〈效陶潛體詩〉十六首，其組詩前之小序說道：

余退居渭上，杜門不出，時屬多雨，無以自娛。會家醞新熟，雨中獨飲，往往酣醉，終日不醒。懶放之心，彌覺自得。故得於此而有以忘於彼者，因詠陶淵明詩，適與意會，遂傚其體，成十六篇。醉中狂言，醒輒自哂，然知我者，亦無隱焉。

很明顯的，在這裡所謂的「效陶潛體」，是指的效法陶潛的隱逸詩風而言。是有意識的在仿效前代成名詩人的特殊風格，在白居易心中隱逸詩的創作範疇裏，陶潛體代表著既有的典範，試觀其〈效陶潛體詩〉的第一首，云：

不動者厚地，不息者高天。
無窮者日月，長在者山川。
松柏與龜鶴，其壽皆千年。
嗟嗟群物中，而人獨不然。
早出向朝市，暮已歸下泉。
形質及壽命，危脆若浮湮。
堯舜與周孔，古來稱聖賢。
借問今何在，一去亦不還。
我無不死藥，萬萬隨化變。

所未定知者，修短遲速間。
幸及身健日，當歌一罇前。
何必待人勸，念此自為歡。

清、汪立名云：「按《捫蝨新話》：山谷常謂白樂天、柳子厚皆作詩效淵明，而子厚爲近。然以予觀之，子厚語近而氣不近，樂天學近而語不近，各得其一。」❽由此更可以理解白居易的刻意效陶潛之隱逸詩風，而以作家個人風格爲詩體之名，亦爲當時人之所習。事實上，待白居易之創作風格被後人肯定之後，不也歸納出了所謂的「白居易體」。張耒即作有〈效白體二首〉、〈效白體贈楊補之〉、〈白樂天有謂上雨中獨樂十餘首倣淵明，余寓宛丘，居多暇日，時屢秋雨，倣白之作，得三章〉。

同樣的，當我們今天在評品唐詩的時候，對於詩體的歸納，也都是以後人後設的角度來觀察，所謂的「邊塞詩」、「山水詩」等以內容爲主要定義的詩體，並不見於當時人的自我規範。也就是說，在唐時人的創作意識裡，並沒有明白的指涉何者爲邊塞詩，何者爲山水詩等符合現代的詩體觀念，大多只是因個人的經驗，影響到作者創作的主要方向。對於這些詩體的定義不但難以明確，更容易相互混淆。若我們要依此來研究它時，可能必須要先釐清其主要內容的演化過程，再做廣義式的範圍，否則在當時人對詩體的觀念定義在詩人風格的情形下，不可能會有周延並符合後設的歸納。

但是，在唐代的文學現象中，文學運動的開展，將驅使唐人詩體觀念的逐漸改變。元、白的新樂府運動首先揭櫫對於詩體的共同要求，其體製是「篇無定句，句無定字，繫於意不繫於文。首句標其目，卒章顯其志。」基本要求是要「辭質」、「言直」、「事覈」、「體順」。凡是能符合這些要求的作品，一概可稱之爲「新樂府詩」，甚至如果我們說是「新樂府體」也不爲過。可惜的是新樂府運動並沒有成功，所以此一詩體觀念也沒有眞正推展開來，不過這個小團體的認同此一模式，也等於已在鬆動傳統的觀念之中。宋代以後正式性文學集團的成立，其對於詩法、詩的風格等的討論，甚至嚴格的規範，才逐漸使得文人製定比較周延規範的詩體，脫離了做效作者風格的模糊詩體概念，因此，文學集團的組成以促使集團內文人的集體認同，實在是改變既有詩體概念的重要因素。而我們今日研究唐詩時，在這方面的文學史觀，可能也要做一些適度的調整。

2.循環進化史觀的謬誤：

五四運動以來，口語文學的提倡幾乎變成了文壇的主流，胡適甚至還主張除了口語文學之外，其他都是死文學[9]，這實際上是受到歐洲提倡民間文學（Folk Literature）的影響，「但所謂民間文學，是指口語傳統大於文學傳統的特殊作品，如傳說、演講、謠諺、咒語、神話等，提倡民間文學的目的，是希望擴大傳統的文學觀念，以研究一般文學的母題和形式等問題。」[10]可是自胡適以下，如劉大杰、陸侃如等人撰著文學史時，都認爲愈是接近原始民間文學的作品，其價值便愈高，而文人之創作，一定是愈來愈僵化，愈沒有價值。劉大杰更主觀的認為民間文學是浪漫的，文人作品是古典的，而將浪漫與古典之爭，說成是民間文學和文人貴族之爭，甚至還論定說，民間文學的活潑浪漫的本質，經過文人的染指之後，就會愈趨於僵化以致死亡，而一個文學死亡之後，代之而起的文學，也一定是文人向民間文學學習的結果，這樣一個文體的進化論，劉大杰稱之為「文學的生物性」，並且說道：

> 文學本身卻也正如一種有機體的生物，它的發展也可以看出由形成至於全盛、衰老以及僵化的過程。……四言詩衰於秦漢，後代雖偶有作者，即使費盡心力，終無法挽回那已成的衰頹，辭賦的命運也是如此。……七言古詩及律絕的新體詩，……經過了（唐）那三百年許多天才的努力，詩又到了衰老僵化的晚期，詞體逐漸形成，於是到了五代宋朝，詩的地位就不能不讓給詞了。⑪

這些將歷史發展的規律視同生物必然之命運的看法，和馬克斯歷史唯物論相差無幾，事實上以生物進化論和歷史循環論的觀點來看待文學的發展，正是構成劉大杰文學史觀的基本架構，而這樣的文學史觀，卻幾乎成為最流行的文學史觀和文學常識。

一時代有一時代之學術思考問題，民國初年以來的社會背景，使得劉大杰諸人以近於馬克斯歷史唯物論的循環進化史觀，作為建構中國文學史的基礎史觀，基本上可以理解其處境，但是我們不禁要問，多年以後的我們，還要承襲此一不符合現代思潮的史觀嗎？雖然還只是相同的史料，可是我們勢必要對既有的資料重新審視、反省、思索其觀念之演變、理論之體系等問題，建立起屬於我們這一時代的史觀和學術，唯在建立體系之前，我們也有必要先打破舊有的迷思。

劉大杰將文學比喻為生物的有機體，強調了文學進化的生物性。事實上文學表現是屬於文化問題中的一環，而文化變遷的原動力，是藉著與其他文化的接觸，當兩個不同的文化相接觸，經過一段時間之後，兩者相互採借、適應，彼此都會發生改變，這就是文化人類學中所稱的「涵化」（acculturation）作用⑫，也就因為不同文化的接觸，會互相採借對方的特質，所以接觸的愈多，時間愈長，文化之間的相似性也就愈強烈，涵化作用也更相形增加。不同的文學範疇與層次，實際上也就是不同的文化範疇與層次，所以不同文學和文學之間的接觸，也具有涵化的實際作用，並非只有單向的學習或採借。

透過本文前面的論述，我們發現經過唐代科舉之制的實行、安史之亂的變動等歷史性因素之後，傳統的貴族文人和世俗的平民文人之間的界限正逐漸在泯除之中，也就是說因為文人階層本質上的產生變化，使得所謂的古典文學和民間文學，正透過當時的文人進行接觸。而其涵化作用具體的成果就表現在文人的作品之中。唐傳奇雜糅了民間俗講的方式和傳統的「詩騷」、「史傳」意識；劉、白詞則是運用了文人之詞和民歌的音樂效果；這些影響後代深遠的作品，基本上都是透過文人的創作，來達到民間文學的典雅化、及古典文學的世俗化。

唐傳奇以及唐末詞，我們可以說成是前一代之文學已死亡，而文人不得不採借自民間文學的新文體嗎？這樣的邏輯推論當然是謬誤的。事實上，民間文學若是沒有經過文人之手，它眞可能寫入中國文學史之中佔有重要的地位嗎？鄭振鐸所著《中國俗文學史》說：

> 把敦煌寶庫打開了而發現了變文的一種文體之後，……我們纔知道宋、元話本和六朝小說及唐代傳奇之間，並沒有什麼因果關係。⑬

這樣的說法，明顯的只是要突顯出民間俗文學的珍貴性，所採取完全偏重俗文學，刻意抹殺文人創作的結果。就如前面曾經說過的「在中國小說史上，很難理出涇渭分明而又齊頭並進的文人文學與民間文學兩大系統」，文人參與創作的唐傳奇，也無法說一定是屬於文人古典文學或民間世俗文學，它所代表的是一個時代之下所產生的特殊文學現象，同樣的〈竹枝詞〉要是沒有經過劉禹錫的改創，仍然只是傖傳的吳音，無法對後世文學作出進一步的貢獻。這也關係到中唐時價値選取的問題。中唐之世，元白文學集團成員的創作，大概都有一些世俗化的傾向，因此，就積極地扮演了民間文學和古典文學涵化過程的橋樑角色，也就是說因爲時代環境的改變，世俗化文風的價値性，被元白文學集團成員所認同並採行，元稹和白居易夜聽〈一枝花話〉，白行簡則據以改編成〈李娃傳〉，就是最明顯的例子，但他們所開創出來的唐傳奇和詞，只是當是文學現象之一，並不足以代表中唐的文學風貌。中唐不也是有以險怪詩風，和古文運動爲代表性的韓愈文學集團，白居易稱韓愈對他的態度是「戶大嫌酒甜，才高笑小詩」⑭，韓愈文學集團所代表的是有別於世俗化價值取向的文人群，但卻也能夠發展出後續性十足的文學創作模式。因此，我們可以說宋代話本和詞擁有相當多的創作者和觀衆人口，但是卻不可忽略了宋詩和古文在宋代文壇，仍佔有極爲重要的一席之地。劉大杰在談論到「詞的起源和成長」時曾說道：

> 詩歌發展到了唐末，無論古體律絕，長篇短製，都達到了最成熟的階段。後代雖仍有不少人從事製作，已難顯出什麼驚人的獨創性，卽如宋代的幾位重要詩人，也無法超越李白、杜甫、韓愈的範圍。在文學演進的公例上，一種文體達到了這種境地，因其本身的和歷史環境的種種原因，常產生一種新的體裁。⑮

殊不知唐詩在韓、柳、元、白諸人的努力之下，其創作風格、體裁和手法，都已經在作劇烈的轉變，若以盛唐之音爲標準，宋詩當然無法超越唐代諸賢，這只能說是唐詩的轉型而不是死亡，同時上述之論，也過份流於以一個文體來代表一個時代的偏執，由文學本身的演化來看，宋詩、古文、宋詞及話本小說都是從中唐文人作品演變而來，在宋代也都各佔有重要地位，應該以平行論述的方式，才不會太過機械化。

綜上所述，我們可能還無法建立起一套新的文學史觀，但是對於文體變遷、作品影響等文學史上的重大問題，都應該積極的重新審視第一手材料，不可再以前人論斷的史觀爲準，以陷入循環進化史觀及馬克斯歷史唯物論的偏執的謬誤。

第三節　後續研究的展望

對元白文學集團的研究，只是在面對諸多文學現象之時，除了文學既有的理論觀點之外，旁參社會學及文化人類學的學理，企望較有系統的研究一些文學、文化問題的一端。通過這一次的研究，希望還能引領出一些後續性的論題，以期在累積問學的過程之中，建立起比較完整有系統的架構。

無論是那一種領域的文化創造和承襲，人都扮演著不可或缺的重要角色，因此文人集團的研究，只有隨時代性質的不同，以改變研究進路，卻沒有時空上的限制，唐代文學作品的繁富，若是能通過文人間的交往爲考察線索，探討其間的脈絡與文學的關係，可能會對現有唐代文學史的架構，會有結構性的改變，諸如初唐宮廷文人集團、中唐大曆文人集團、中唐韓愈文人集團等。當然在唐代集團意識還很模糊，但在宋代江西詩派、江湖詩派等成立之後，文人開始有意識的組成各種不同性質的團體，其結合的關係和推展的目標也極具複雜化，但卻也都或多或少的主導了一代的不同思潮，如明代的泰州學派、蘇州畫派等即是，因對對文人集團的研究，實在是研究中國自中古以來文化變遷的重要進路。

文人集團之研究既然是以文人爲主，則文人的性格、性質不可不察，就唐代而言制度的變遷、文化的普及等都可能是改變文人基本性格的重要關鍵，因此針對時代的衝擊和改變，尋求文人基本性格的改變，和文學作品的變化，則是重要的基點，如中唐安史亂後，藩鎭等地方勢力長期割據，其自辟僚佐及臣屬，使得文人在禮部試後，尚未能通過吏部評詮之時，多了一條出路。如此，則投靠藩鎭是文人，性格上自會有一番變化了。

如前所述，中唐實開啓了唐末及宋代以下的文化發展，宋初則承中、晚唐之餘風，文學上形成了詩、詞、小說、古文並峙的局面，各都有積極的參與創作者和擁護者，在文類發展的傳統不一的情形之下，有相互重疊、採借之處，也有相互抗拒、排斥之時，若能通過此一文類關係之研究，不但可審視作者的創作意識之衝突與調適，以明文學演化之跡，更可以探求宋代以後文類發展的軌跡，有助於文學史的重新架構。

因此，在以文人爲主題的研究進路上，輔以文學、文化諸現象，作深層的研究，希望能有助於對整個中國文化的研究。

附註

❶ 詳參張華葆《社會心理學理論》第十章〈角色行爲理論〉，三民書局，七十五年出版。

❷ 「參考群體」係社會心理學裡角色行爲理論所運用的理論，是指一個人的行爲表現，都會在他的腦海中存有假想的觀衆存在以作爲參考群體。詳參同上注。

❸ 參見龍冠海《社會學》，頁七八。三民書局，六十年五版。

❹ 引見同注❶，第三章〈人際交流理論〉，頁三八。

❺ 引見白居易〈和答詩十二首序〉。

❻ 引見廖蔚卿《六朝文論》第八章〈文體論〉，頁七七，聯經出版公司，七十年初版二印。

❼ 引見鍾嶸《詩品》卷中。

❽ 引見清・汪立名《白居易年譜》，附於《白香山詩集》內，世界書局出版。

❾ 胡適的意見，可詳參《白話文學史・序》。

❿ 引見龔鵬程師〈試論文學史之研究〉，收錄於《文學散步》，頁二四九。漢光文化公司，七十四年初版。

⓫ 引見劉大杰《中國文學發展史》，第十二章第三節，香港古文書局，六十二年出版。

⓬ 涵化係美國學者所慣用之名詞，對於同樣意義之指涉，英國學者則稱爲「文化接觸」(culture contact)參見宋光宇編譯《人類學導論》第十六章〈文化變遷〉，桂冠圖書公司，七十九年修訂六版。

⓭ 引見鄭振鐸《中國俗文學史》第六章〈變文〉，頁一八〇。坊間本。

⓮ 引見白居易〈久不見韓侍郎戲題四韻以寄之〉。

⓯ 引見同注⓫，第十七章。

參考書目

甲、典籍

舊唐書　劉　昫等編　北京・中華一九八二年二版
新唐書　歐陽修等編　北京・中華一九八二年二版
資治通鑑　司馬光等編　西南　七十一年再版
通典　杜　佑　北京・中華一九八八年初版
唐會要　王　溥　世界七十八年五版
登科記考　徐　松　驚聲七十年初版
元氏長慶集　元　稹　商務（四庫全書本）
元稹集　冀　勤點校　北京・中華一九八二年初版
白氏長慶集　白居易　商務（四庫全書本）
白居易集箋校　朱金城箋校　上海・古籍一九八八年初版
劉賓客文集　劉禹錫　商務（四庫全書本）

書名	作者	版本
劉禹錫集箋證	瞿蛻園箋證	上海・古籍一九八九年初版
全唐詩		文史哲七十六年初版
全唐詩紀事	計有功	中華七十年臺二版
全唐文		大化七十六年初版
全唐文紀事	陳鴻墀	上海・古籍一九八七年初版
唐文粹	姚　鉉編	世界六十一年再版
文苑英華		世界六十二年再版
太平廣記		北京・中華一九八六年三版
樂府詩集	郭茂倩編	里仁七十三年初版
册府元龜		北京・中華一九八八年初版
唐才子傳	辛文房	世界七十四年五版
唐國史補	李　肇	世界六十七年三版
唐語林	王　讜	世界六十四年三版
唐摭言	王定保	世界六十四年三版
敎坊記	崔令欽	世界六十七年三版
客齋隨筆	洪　邁	商務六十八年臺一版
碧雞漫志	王　灼	藝文（百部叢刊本）

詩人玉屑	魏慶之	商務六十九年臺三版
唐音癸籤	胡震亨	世界七十四年五版
唐詩品彙	高　棅	上海・古籍一九八二年初版
唐詩別裁	沈德潛	上海・古籍一九八二年初版
說詩晬語	沈德潛	上海・古籍一九八八年初版
歷代詩話	何文煥編	漢京七十二年初版

乙、近人專著

隋唐五代史	呂思勉	里仁六十六年初版
唐史	章　群	華岡六十七年四版
唐代政制史	楊樹藩	正中五十六年臺初版
唐代政教史	劉伯驥	中華七十年初版
唐代文化史	羅香林	商務七十二年初版
中國經濟史（第四册）	馬持盈	商務七十三年臺一版
中國文學發展史	劉大杰	香港・古文一九七三年初版
中國文學史	葉慶炳	學生七十二年初版
中國俗文學史	鄭振鐸	坊間本

白話文學史	胡　適	東海六十五年初版
中國小說史	魯　迅	香港・友聯
中國小說史	孟　瑤	傳記文學六十九年再版
辭賦流變史	李曰剛	文津七十六年初版
元微之年譜	薛鳳生	學生六十六年初版
元稹評傳	劉維崇	黎明七十二年初版
元稹及其樂府詩研究	范淑芬	文津七十三年初版
白樂天年譜	羅聯添	國立編譯館七十八年初版
白居易評傳	劉維崇	商務六十三年三版
白居易散文校證	羅聯添	學海七十六年初版
白居易研究	楊宗瑩	文津七十四年初版
白居易詩研究	俞炳禮	師大七十七年博士論文
白詩研究	黃亦眞	文化六十六年碩士論文
白居易資料滙編	陳友琴編	北京・中華一九八六年初版
唐劉夢得先生禹錫年譜	張達人編訂	商務七十一年初版
劉禹錫研究	張肖梅	臺大碩士論文
元和詩人研究	呂正惠	東吳七十二年博士論文

唐詩概論　蘇雪林　商務七十七年臺五版
唐代樂府詩之研究　張相國　東海七十三年碩士論文
中唐樂府詩研究　張修蓉　文津七十四年初版
元白新樂府研究　廖美雲　學生七十八年初版
唐人傳奇小說　汪辟疆編　世界七十七年九版
唐人小說校釋　王夢鷗校釋　正中七十二年臺初版
唐人小說研究　王夢鷗　藝文六十年初版
唐代傳奇研究　祝秀俠　文化大學七十一年初版
中國小說敍事模式的轉變　陳平原　久大八十九年初版
牛李黨爭與唐代文學　傅錫壬師　東大七十三年初版
唐代進士與政治　卓遵宏　國立編譯館七十六年初版
進士科與唐代的文學社會　羅龍治　臺大文史叢刊
唐代統治階層社會變動　毛漢光　政大博士論文
唐代文苑風尚　李志慧　文津七十八年臺初版
唐史新論　李樹桐　中華七十五年初版
漢唐史論集　傅樂成　聯經六十九年初版
唐代文學論集　羅聯添　學生七十八年初版

傳統文學論衡　王夢鷗　時報七十六年初版
唐代的文學與佛教　平野顯照著　張桐生譯　業強七十六年初版
思想與文化　龔鵬程師　業強七十五年初版
詞學論薈　趙爲民選輯　五南七十八年臺初版
中國古代文體學　褚斌杰　學生八十年臺初版
陳寅恪先生文集　陳寅恪　里仁七十一年初版
中國古代音樂史稿　楊蔭瀏　丹青七十六年臺初版
唐代音樂史的研究　梁在平　黃志炯　譯　中華七十五年初版
唐代文學論著集目　羅聯添編　王國良補　學生七十三年再版
社會學　龍冠海　三民六十年五版
社會學　謝高橋　巨流七十五年三版
社會心理學理論　張華葆　三民七十五年初版
人類學導論　宋光宇編譯　桂冠七十九年六版
人與文化的理論　黃應貴譯　桂冠七十年初版

文化人類學選讀　李亦園編　食貨七十六年初版

丙、期刊論文

白香山年譜考辨　羅聯添　大陸雜誌二十七卷三期
白居易作品繫年　羅聯添　大陸雜誌三十八卷三期
兩唐書白居易傳考辨　葉慶炳　淡江學報六期
劉夢得年譜　羅聯添　文史哲學報八期
元和新樂府運動及其政治意義　呂正惠　中外文學十四卷一期
元白諷諭詩的理論與創作態度　呂正惠　幼獅月刊三十九卷五期
唐代新樂府運動的時代使命　邱燮友　國文學報十五期
劉夢得的土風樂府與竹枝詞　方　瑜　文學評論二集
從〈新樂府序〉到〈序洛詩〉（關於白居易思想的轉變）　王　毅　洛陽師專學報一九八八年四月
論中唐艷情詩的勃興　張明非　遼寧大學學報一九九〇年一月
〈長恨歌〉的主題及創作意圖　張殿臣　松遼學刊一九八九年二月
〈長恨歌〉疏證　羅錦堂　學術季刊六卷二期
唐代民間歌謠的結構　邱燮友　書目季刊九卷三期

唐代唱和詩的源流和發展　姚　垚　書目季刊十五卷一期
唐傳奇的性情與結構　龔鵬程　古典文學第三集
唐代傳奇的駢文成份　鄧仕樑　古典文學第八集
唐初史傳文學的成就　李少雍　文學遺產一九八九年四月
論唐人傳奇的素材來源及演變　李宗爲　唐代文學研究第一輯
論唐代的文學社會與文學崇拜　龔鵬程　淡江中文系「晚唐社會與文化」研討會
試論文學史之研究（以劉大杰《中國文學發展史》爲例）　龔鵬程　古典文學第五集

國立中央圖書館出版品預行編目資料

唐代社會與元白文學集團關係之研究 / 馬銘浩著 -- 初版 -- 臺北市：臺灣學生，民 80

6,190 面；21 公分 --（中國文學研究叢刊；35）

參考書目：面 183-190

ISBN 957-15-0231-6（精裝）-- ISBN 957-15-0232-4（平裝）

1.中國文學 - 歷史 - 唐（618-907）

820.904 80001465

唐代社會與元白文學集團關係之研究（全一冊）

著作者：馬銘浩

出版者：臺灣學生書局

發行人：丁文治

發行所：臺灣學生書局

台北市和平東路一段一九八號

郵政劃撥帳號○○○二四六六八號

電話：三六三四一五六

FAX：三六三六三三四

本書局登記證字號：行政院新聞局局版臺業字第一一○○號

印刷所：淵明印刷廠

地址：永和市成功路一段43巷五號

電話：九二八七一四五

香港總經銷：藝文圖書公司

地址：九龍偉業街九十九號連順大厦五字樓及七字樓

電話：七九五九五九五

定價 精裝新臺幣一九○元 平裝新臺幣一四○元

中華民國八十年六月初版

82021

ISBN 957-15-0231-6（精裝）
ISBN 957-15-0232-4（平裝）

臺灣學生書局出版

中國文學研究叢刊

①詩經比較研究與欣賞	裴普賢著
②中國古典文學論叢	薛順雄著
③詩經名著評介	趙制陽著
④詩經評釋	朱守亮著
⑤中國文學論著譯叢（二册）	王秋桂編
⑥宋南渡詞人	黃文吉著
⑦范成大研究	張劍霞著
⑧文學批評論集	張健著
⑨詞曲選注	王熙元等編著
⑩敦煌兒童文學	雷僑雲著
⑪清代詩學初探	吳宏一著
⑫陶謝詩之比較	沈振奇著
⑬文氣論研究	朱榮智著
⑭詩史本色與妙悟	龔鵬程著
⑮明代傳奇之劇場及其藝術	王安祈著
⑯漢魏六朝賦家論略	何沛雄著
⑰古典文學散論	王熙元著
⑱晚清古典戲劇的歷史意義	陳芳著
⑲趙甌北研究（二册）	王建生著
⑳中國兒童文學研究	雷僑雲著
㉑中國文學的本源	王更生著
㉒中國文學的世界	前野直彬著 龔霓馨譯
㉓唐末五代散文研究	呂武志著
㉔元白新樂府研究	廖美雲著
㉕五四文學與文化變遷	中國古典文學研究會主編
㉖南宋詩人論	胡明著
㉗唐詩的傳承——明代復古詩論研究	陳國球著

㉘中外比較文學研究　第一冊（上、下）	李達三 劉介民 主編
㉙文學與社會	中國古典文學 研究會主編
㉚中國現代文學新貌	陳炳良編
㉛中國古典文學研究在蘇聯	俄　李福清著 田大畏譯
㉜李商隱詩箋釋方法論	顏崑陽著
㉝中國古代文體學	褚斌杰著
㉞韓柳文新探	胡楚生著
㉟唐代社會與元白文學集團關係之研究	馬銘浩著